M. Fleury

Caspar Mermillod, Bischof von Genf

M. Fleury

Caspar Mermillod, Bischof von Genf

ISBN/EAN: 9783744627269

Hergestellt in Europa, USA, Kanada, Australien, Japan

Cover: Foto ©Raphael Reischuk / pixelio.de

Weitere Bücher finden Sie auf **www.hansebooks.com**

Deutschlands Episcopat
in Lebensbildern.

V. Heft.

Gaspar Mermillod

Bischof von Genf.

Von

Fleury,

Rector von St. Germain in Genf.

(Ueberſetzungsrecht vorbehalten.)

Einleitung.

Am 22. Januar habe ich in meine Sammlung historischer Notizen folgende Bemerkung eingetragen: Unter allen Geistlichen, mit denen ich in Berührung gekommen, hat nach Herrn Vuarin in unserm Lande Niemand eine so große Rolle gespielt, als Abbe Mermillod. Schon früh erlangte er wahre Berühmtheit. Mit einem ganz merkwürdigen Predigertalente begabt, hat er von demselben den besten Gebrauch gemacht. Ohne Zweifel wird er eines Tages eine sehr bezeichnete Stelle in der Geschichte einnehmen. Bis jetzt hat er dem Katholicismus schon große Dienste geleistet; er ist indeß noch zu weit größeren berufen. Wäre ich jünger, als er, würde ich mir zur Aufgabe machen, die einzelnen Momente seines Lebens aufzuzeichnen, denn ich bin überzeugt, man wird nach solchen Aufzeichnungen einstens suchen. Abbe Mermillod ist mir aufrichtig zugethan, während ich ihn meinerseits seiner Unschuld und Herzensreinheit wegen ebenso aufrichtig achte und liebe. Er ist hingebender Freund, wohlwollender Mitbruder, frommer Priester.

Die hier folgenden, täglich, nur mit Bezug auf den Tag selbst gemachten Aufzeichnungen, die treue Wiedergabe seiner Worte, Stellen aus seinen Briefen und zuverlässige Urkunden mögen seinem lieben Andenken gewidmet sein.

Aus solchen Quellen schöpfend, wird eine Geschichte möglich.

Herr Leo Woerl hat mich um eine Biographie des Mgr. Mermillod ersucht. Ich übergebe ihm deßhalb die erwähnten Aufzeichnungen, die uns den Einblick in das innere Priesterleben des zum ruhmwürdigen Vertheidiger der Rechte der Kirche gewordenen Prälaten gewähren. Würde er nicht das Opfer der jetzt in der Schweiz gegen den Katholicismus wüthenden Ver-

seine Biographie zu veröffentlichen, aus Furcht dem Erfolg zu huldigen. Heute jedoch leidet Mgr. Mermillod um der Gerechtigkeit willen, er lebt in der Verbannung. Es ist deßhalb erlaubt, von ihm zu sprechen.

Ingenui viri est vera dicere.

Genf, am 31. Juli 1873.

Fleury,

Abbé Gaspar Mermillod wurde am 22. September 1824 zu
Carouge geboren. Einige hochgestellte französische Damen nennen
ihn in ihren Briefen Abbé von Mermillod; als ob der Titel
den Mann mache.

Herr Mermillod hat nicht nöthig anderswo Ruhm zu suchen,
er hat sich den seinigen selbst bereitet. Seine Eltern besitzen
weder ein Schloß noch Wappenschild. Sie sind brave, ehrliche
Arbeiter vom Lande. Mermillod's Vater hat gesunden Verstand
und ein richtiges Urtheil, hat jedoch keinerlei wissenschaftliche
Bildung genossen¹). Frau Mermillod hat etwas Vornehmes.
Vor Allem aber ist sie christliche Mutter, glaubensstark wie die
Frauen der ersten christlichen Zeit, aufgewachsen in der Liebe
zur Arbeit und voll Glauben und Hingebung an die hl. Kirche.
Diese Hingebung hat sie am glänzendsten durch das bereitwillige
Opfer ihrer beiden Söhne, Kaspar und Alfred, bewiesen. Der
Eine dient Gott als Ordensmann, der andere als Weltpriester.

Eine gute Mutter ist eine Gabe Gottes. Sie stützt, leitet
und während sie tadelt, richtet sie zugleich auf. Dies Alles hat
die Beschützerin des jungen Lebens des Msgr. Mermillod gethan.
Es ward ihr übrigens leicht, denn der kleine, lebhafte, aber gut-
herzige Kaspar bedurfte keiner Strenge. Er liebte seine Eltern
und fürchtete nichts so sehr, als sie zu betrüben. Kaum in die
Schule aufgenommen, war er ihr eifriger, gelehriger Schüler.
Besondere Freude gewährte es ihm, unter die Knaben vom Lande,
die zugleich mit ihm das Colleg von Carouge besuchten, die
Vorräthe zu theilen, die man ihm von zu Hause zuschickte. Den
ersten Platz nahm der Katechismus bei ihm ein. Daher stellt
auch sein Religionslehrer, der ihn auf die erste hl. Kommunion
vorbereitete, seiner Frömmigkeit und dem Eifer, die Lehren des

---

¹) Er starb als sehr guter Christ 1872.

Christenthums auf's Gründlichste zu kennen, noch heute das beste Zeugniß aus.

Der Tag seiner ersten hl. Kommunion war für ihn der schönste. Auch bereitete er sich darauf vor, wie zur wichtigsten Handlung in seinem Leben.

Damals war Herr Greffier Pfarrer von Carouge. Er erkannte die glücklichen Anlagen des Knaben und dessen ausgesprochene Vorliebe für die kirchlichen Ceremonien, weßhalb er den Eltern rieth, ihn die Lateinschule besuchen zu lassen.

Kaspar begann seine Studien im Colleg zu Carouge, wo er fast alle Preismedaillen seiner Klasse erhielt. Zur dritten Klasse sollte er an das Colleg nach Genf übersiedeln. Da aber Kaspar wußte, daß dort aller Unterricht von protestantischen, seinem Glauben feindlichen Lehrern ertheilt werde, erklärte er seinem Vater, trotz der im Colleg von Carouge errungenen Lorbeeren lieber zur ländlichen Beschäftigung zurückkehren zu wollen.

Nun rieth Herr Caillat, Pfarrer von Compesière, wo die Familie Mermillod begütert war, dem jungen Kaspar das Colleg St. Louis du Mont bei Chambery zu besuchen, wo er selbst früher Professor gewesen.

Hier mußte er sich auf's Neue zurecht zu finden lernen. Uebrigens hatte er es gut getroffen, denn in den Leitern der Anstalt begegnete er aufrichtigen Freunden, die, so sehr sie die Talente ihres neuen Zöglings erkannten, doch Alles vermieden, was ihm hätte schmeicheln können. Sie flößten ihm Liebe zu echter Wissenschaft ein, während sie zugleich den damals entschiedenen Hang zu Erzeugnissen der Romantik bekämpften.

Der junge Kaspar war großer Verehrer der Dichtkunst. Auch Savoyen hatte den Parnaß durch seine poetischen Schöpfungen verherrlicht. Denn gleich Lamartine hatte Ducis soeben seine Betrachtungen veröffentlicht, Octav Ducroix von Sixt sein poetisches Schauen, Veyrat, im Begriff aus der Verbannung zurückzukehren, in welche seine politischen Ansichten ihn verstoßen, bot dem Publikum den Becher des Exils. Der König hatte ihn begnadigt und in wehmüthiger Klage erzählte er das Schmerzliche der Entfernung vom Vaterlande.

Tief bewegt von diesen Trauer erfüllten Gesängen, antwortete ihm der jugendliche Kaspar in patriotisch=christlichen Klagetönen, die ihm die Antwort des Dichters darauf und die Ermunterung der Akademie von Florimontane verdienten.

Glücklich über den doppelten Beweis der Anerkennung theilte er mit treuherziger Offenheit es seiner Mutter mit.

„Vor ungefähr vier Wochen habe ich einem gefeierten Dichter einen Brief in Versen geschrieben. Derselbe hat mich mit einer Antwort beehrt und mein Talent sehr gerühmt. Du wirst wohl glauben, daß ich nicht aus eitler Selbstgefälligkeit dies sage, denn wenn ich Talente habe, so habe ich sie, weil Gott sie mir gegeben. Ihm gebührt daher allein die Ehre. Aber ich möchte Euch ein Vergnügen verschaffen, denn ich weiß, die Erfolge eines Sohnes bereiten dem Vater und der Mutter stets Freude".

Kurz darauf hielt Msgr. Billiet seinen Einzug in die Diöcese Chambery. Gelegentlich des Besuches Sr. bischöflichen Gnaden im Colleg von St. Louis du Mont ward der junge Mermillod beauftragt, den neuen Erzbischof, zu begrüßen. Entzückt über die Anmuth, mit welcher er sich seines Auftrages entledigte, ihn als etwas Ausgezeichnetes erkennend und bereits ahnend, was aus dem jungen Studirenden von Carouge einst werden würde, empfahl er ihn dem Abbe Rendu, Studieninspektor in Chambery. Von da an bildeten sich zwischen dem Schüler und seinen Lehrern Beziehungen, die zu wahrhafter Innigkeit sich gestalteten, namentlich seit der junge Mermillod, seine Aufmerksamkeit dem Priesterstande zuwendend, zu erkennen gab, daß er seinen ganzen Ehrgeiz darin suche, der Kirche zu dienen. Noch vertrauter wurden diese Beziehungen, als Abbe Mermillod zum Episcopat gelangte.

Ihm ward auch die besondere Ehre zu Theil, am 11. Juni b. J. dem Herrn Cardinal Billiet die Sterbegebete vorzusagen.

Indeß greifen wir den Ereignissen nicht vor. Von St. Louis du Mont siedelte der junge Kaspar nach Freiburg über, wo er Vorlesungen über Philosophie von P. Rothenflue und andere über allgemeine Geschichte von P. Frauenfeld hörte. Beide Professoren hatten ihre Lehrstühle an der Universität Bonn verlassen und die Schätze ihres Wissens dem Dienste der Religion im Colleg von St. Michael gewidmet, wo damals die Elite der schweizerischen, französischen und deutschen Jugend sich versammelte.

Es war auch noch ein anderer, so eben verstorbener Professor, der durch seine weisen Lehren dem jugendlichen Abbe heilige Begeisterung für die Kirche einflößte, P. Roh. Mit strenger Logik verband dieser eine merkwürdige Bestimmtheit des bald bildlichen, bald kühnen Ausdrucks, während er abwechselnd lateinisch, deutsch oder französisch sprach.

Ganz Deutschland hat ihn als einen der erstern Kanzelredner unserer Tage gefeiert.

Diese Begegnung verschaffte dem Abbé Mermillod genaue Kenntniß der gegenwärtig Deutschland bewegenden Ideen. Er drang in alle Systeme der Hegel'schen und Kantischen trüben Philosophie ein. Auch untersuchte er die Wunde des Rationalismus, den er später in seinen Conferenzen offen angriff.

Im Alter von zwei und zwanzig Jahren hatte Abbé Mermillod seine theologischen Studien vollendet. Jedes Jahr hatte er mit besonderer Auszeichnung seine Thesen aufrecht erhalten. Zu jung jedoch, um zum Priester geweiht zu werden, wurde er von seinen geistlichen Obern als Professor in das Pensionat Onex im Kanton Genf geschickt.

Es entspricht unserm Plane nicht, von dem traurigen Schicksale dieser Anstalt zu erzählen, die, wenn sie würdigeren Händen anvertraut gewesen, der Kirche außerordentlich große Dienste hätte leisten können. Ihr Vorstand, nachdem er anderswo gescheitert, wagte bei uns einen zweiten Versuch, der aber nur ein zweiter Schiffbruch war. Wäre Abbé Mermillod einige Jahre älter gewesen, hätte er die Leitung dieser Anstalt in die Hände nehmen und sie blühend machen können. Aber vor ihm befanden sich Professoren, die eifersüchtig auf seinen Einfluß allen seinen Verbesserungen Hindernisse in den Weg legten. Er kehrte deßhalb in das Seminar zurück.

Mit dem Andenken an den hl. Franz von Sales aufgewachsen, erlangte Abbé Mermillod von seinen geistlichen Obern die Erlaubniß, das Diakonat aus der Hand des Msgr. Rendu am Grabe des Apostels von Chablais zu empfangen.

Zum Priester selbst jedoch wurde er am 24. Juni in Freiburg durch Msgr. Marilley geweiht: es war in dem Augenblick, wo sich über die Schweiz bereits die Gewitter des Sonderbundes zusammenzogen.

Seine Weihe war für ihn ein feierlicher Moment. Nach seiner Ordination schrieb er seinen geliebten Eltern: „Gott sei allzeit gepriesen. Euer Kaspar ist Priester, ja, ich bin Priester des Herrn. Dieser Gedanke flößt mir Furcht ein und tröstet mich zugleich. Ich, so unwürdig, sehe mich mit überirdischer Gewalt ausgerüstet. Der liebe Gott hat mir die Macht verliehen, seinen hl. Leib zu consecriren, Sünden zu vergeben. Nach der feierlichen und rührenden Ceremonie der Ordination fühlte ich das Bedürfniß, mich zu verbergen und in Erwägung der Wunder, die der liebe Gott eben in mir gewirkt, heiße Thränen zu vergießen. In der Einsamkeit konnte ich ihn inständig bitten, daß von nun an keine Fiber, kein Gedanke in mir sich finde, der nicht seiner Ehre und seiner Liebe gewidmet sei."

Bei seiner Rückkehr in's Seminar als Priester wurde Abbé Mermillod von seinen ehrwürdigen Obern empfangen wie gewöhnlich die neu Ordinirten, von welchen die im Heiligthume bereits ergrauten Priester die Erstlinge ihrer Segnungen erbitten. Tief bewegt von dieser Scene, theilt der Abbé in demselben Briefe seine Eindrücke mit. Sie schildern sehr schön seine Seele.

„Was mich außer meiner Weihe am meisten ergriff, war, meine ehrwürdigen Obern mit gebleichtem Haupte mir zu Füßen fallen, meine Hände küssen und meinen Segen erbitten zu sehen.

Ich zitterte, so jung, berufen zu sein, diese ehrwürdigen, im Dienste des Priesterthums ergrauten, vor mir gebeugten Greise zu segnen. Der Glaube hatte ihnen in dem jungen Priester einen neuen Priester gezeigt. Dies genügte, ihn zu ehren."

Drei Tage, nachdem dieser Brief geschrieben, kam Abbé Mermillod in Genf an, wohin er als Vikar gesendet worden.

Damals befand sich daselbst nur eine einzige Pfarrei, deren Vorstand Herr Dünoyer war. Die große und schöne, durch den berühmten Vuarin gegründete Pfarrei umfaßte außer der Stadt selbst die Dörfer Eaux vives und Plain=Palais. Die achtzehntausend Gläubigen besaßen jedoch nur die bescheidene, kleine Kirche St. Germain. Da sie sich sehr zahlreich einfanden, war ein großer Theil derselben genöthigt, dem Gottesdienste vor der überfüllten Kirche beizuwohnen.

Unter den an der Pfarrei angestellten Priestern befand sich ein Mann Gottes, ausgezeichnet, sowohl durch seine Fähigkeiten, als durch seine Tugenden, Abbé Autnois seligen Andenkens. Abbé Mermillod hatte ihn schon im Seminar gekannt und hegte die tiefste Verehrung für ihn. Priester erst im vierzigsten Lebensjahr geworden, diente er Abbé Mermillod als Mentor, und unterstützte ihn mit seinen Erfahrungen und Ermuthigungen. Das Gleiche war bei dem würdigen Pfarrer der Fall, der sehr bald den Gewinn erkannte, den er aus der so auserlesenen, feuereifrigen Natur schöpfen werde.

Gleich bei seinen ersten Predigten zeigte sich Abbe Mermillod als Meister des Wortes. In dem Schwunghaften und Hastigen seines Vortrags herrschte noch der Ungestüm der Jugend. Allmählich gewöhnte er sich, zu seiner Zuhörerschaft zu sprechen und bald entzückten die Homilien des jungen Priesters die. zu seinen Predigten sich zahlreich einfindenden frommen Gläubigen.

Sein Kanzelrednertalent hatte sich gelegentlich der verschiedenen Predigten ausgebildet, die er als Diakon in Landpfarreien zu halten hatte. In Genf wuchs dies Talent, wo er einzelne Gegenstände z. B. Beweise für. die katholische Wahrheit und die Canonen der Kirche behandelte.

Das Leben des Priesters in Genf war stets mit Kampf verbunden. Der berühmte Vuarin konnte von 1806 bis 1843 keinen Augenblick die Waffen niederlegen. Ebenso hatten seine Nachfolger zu kämpfen und als Abbe Mermillod auf dem Kampfplatz erschien, war er seinerseits ein gleich trefflicher Held sowohl durch seine Feder als durch sein Wort. Wie sein Freund Abbe Autnois, zögerte auch er nicht, in die Arena der Presse herabzusteigen. Sein erstes Auftreten kündigte er in einigen Artikeln gegen den Protestantismus an, als Antwort auf einige liberale Ideen des Hrn. Scherer, der zuerst in Genf den bisherigen Glauben an die Autorität des Consistoriums erschütterte.

Im Augenblick des Erscheinens des Observator, der diese merkwürdigen Versuche veröffentlichte, war der Horizont bereits umwölkt.

Allenthalben haschte man fieberhaft nach Neuem. In Genf sowohl, als in Zürich und Bern, wurden die wichtigsten Fragen wiederholt auf's Tapet gebracht. Unterrichtsfreiheit, Trennung der Kirche vom Staat, Vereinsrecht, Bundesrevision, wurden von kirchenfeindlichen Blättern in ihrem Sinne besprochen. Sicher war die Lage sehr ernst.

Vor Allem mußten die seiner Pfarrei hinterlassenen Schöpfungen des Hrn. Vuarin, die Anstalt der Brüder der christlichen Lehre und die Schule der barmherzigen Schwestern vertheidigt werden. Dieser Aufgabe haben sich die Redacteure der damaligen katholischen Journale über alles Lob erhaben unterzogen.

Folgendes war ihr Programm.

„Sollten die Katholiken, nachdem die Freiheit der Presse jeder Partei gestattet, ihre Meinungen zu exponiren, stumme und unthätige Zuschauer bleiben, ohne Organ, das ihre Rechte vertheidigt und dem Mangel eines Journals abhilft?"

Diesem Bedürfnisse entsprach der Observator.

„Die Gesellschaft um uns her liegt zu Boden. Die Anarchie ist fast in Permanenz, weil man eine Ordnung aufrichten wollte, ohne Zuziehung desjenigen, der der Grund aller Ordnung ist und weil man Gott aus der Gesellschaft ausgestoßen. Seine Abwesenheit hat sich durch furchtbare Schläge kund gethan; werden sie den Blinden die Augen öffnen? Wir wissen es nicht, aber jedem Denkenden ist klar, daß eine Organisation dem Verfall nicht widerstehen wird, wenn Gott und seine Kirche keinen Antheil an ihr haben. Gott ist es, den die Völker heute wie morgen, als den einzigen Erretter aus ihrem Elende erwarten. Er, der Beschützer der Freiheit und Zügel der Ausschweifung.

„Unsere Zeit, hat man gesagt, hat Aehnlichkeit mit dem Jahrhunderte der Auflösung des römischen Reiches. Die Welt neigte sich damals dem Verfalle zu. Da sprach der große Genius von Hyppo das Wort aus, das wir gerne wiederholen: „„Erheben wir das Haupt und betrachten wir den, dessen Reich weder wankt, noch ein Ende nimmt, denn ich sehe nirgends auf Erden einen Mann, noch eine Gesellschaft, fähig das Reich zu retten"". Dies ist unsere gegenwärtige Lage. Da heutzutage jede verwerfliche Lehre einen Streiter in ihrem Dienste findet, wird es muthigen Männern wohl gestattet sein, von der Freiheit Gebrauch zu machen, um die Sache Gottes zu vertheidigen und die Erinnerung an ihn mitten in der menschlichen Gedankenwelt wach zu rufen. Vielleicht werden unsere Anstrengungen erfolglos sein. Was liegt daran? Wir übergeben sie dem Schutze der Vorsehung, in deren Augen sie keinenfalls verloren sind."

An der edlen, so entschieden ausgesprochenen Gesinnung erkennt man leicht die Feder des jugendlichen Glaubenshelden, der schon in den ersten Tagen seines Priesterthums zeigte, wessen er fähig sei.

Der Observator bestand nur vier Jahre. Während dieser Zeit war er in beständigem Kampfe gegen die Bedrückungen der Regierung in Freiburg verwickelt. Endlich unterlag er den sich häufenden Geldstrafen eines argwöhnischen Fiscus. Dieser hatte ihm den Untergang geschworen.

Vor 1850 hatte die Stimme des Abbé Mermillod noch in keiner Kathedrale Frankreichs ertönt. In diesem Jahre begleitete er Abbé Dünoyer nach Paris, um dort eine Sammlung für eine neue, schon längst in Genf zum dringendsten Bedürfniß gewordene Kirche zu veranstalten.

Die Gläubigen drohten in dem engen Raum von St. Germain zu ersticken und der Großrath, durch eine Bittschrift gedrängt, hatte auf dem frühern Walle bereits den Bauplatz geschenkt.

Dieser große Act der Sühne ward am 2. November 1850 vollzogen. Einige Monate später begegnen wir dem Herrn Pfarrer von Genf und seinem Vicar bei dem hochwürdigsten Herrn Erzbischof Sibour von Paris. Die neue Kirche sollte auf dem aus alter Zeit stammenden Boulevard Holland errichtet werden. Während sie davon sprachen, klopfte Jemand an der Thüre. Es war der ehrwürdige Pfarrer von N. D. des Victoires, der Greis mit weißen Haaren, den ganz Frankreich als Heiligen verehrte. Betrübt näherte er sich seinem würdigen Erzbischof und theilte ihm mit, daß sein bisheriger Fastenprediger ihn dieses Jahr im Stiche lasse. „Hat nichts zu sagen, antwortete Msgr. von Sibour. Die hl. Jungfrau wird Euch einen andern dafür schicken. Ich werde dafür sorgen". Darauf deutete er auf Abbé Mermillod, der sich jedoch gegen den Auftrag mit der Versicherung zu verwahren suchte, er sei nach Paris gekommen zu sammeln, nicht zu predigen.

Der ehrwürdige Greis drang nun mit der Vorstellung in ihn, daß die Sammlung einen um so bessern Erfolg erzielen werde, wenn man ihr den Samen des Wortes Gottes vorausschicke. In nomine tuo laxabo rete[1]) sagte endlich Abbé Mermillod zu seinem Vorgesetzten, wie einst Franziscus von Sales zu Bischof Granier. Er übernahm die Predigten und setzte sie mit großem Erfolge fort.

Von da an war Abbé Mermillod eine bekannte Persönlichkeit in Paris. Er erntete in St. Thomas von Aquin und in St. Clothilde den Beifall der höchsten Gesellschaftskreise, gleich-

---

[1]) „In deinem Namen werde ich das Netz auswerfen."

viel ob er über die christliche Liebe predigte, oder über die Noth=
wendigkeit, daß in jeder einzelnen Pfarrkirche Exercitien gehalten
würden.

Wenn wir den Werth des Rednertalentes des Herrn Abbe
Mermillod bestimmen sollten, brauchten wir nur die Urtheile
der ihm nach Paris, Mecheln, nach Rom und Turin und in
viele andere Städte gefolgten Berichterstatter zu citiren. Wir
selbst, die ihn so oft auf der Kanzel oder in Privatversamm=
lungen gehört, haben die außerordentliche Fruchtbarkeit seines
Wortes stets bewundert. Er findet mit Leichtigkeit die Ge=
danken und verarbeitet sie je nach der Zusammensetzung seiner
Zuhörerschaft, von der er sich begeistern läßt.

„Er besitzt im besondern Grade, sagt Herr Victor Düret,
drei Dinge, die den Redner vollenden. Die Klarheit und Ge=
walt des Wortes und die Kraft der Empfindung. Zuweilen
ist er etwas matt in seinem Vortrage, plötzlich aber richtet er
sich auf, nimmt einen Anlauf und reißt Alles mit sich fort.
Seine Zuhörer hangen an seinen Lippen, denen nur dann ein
rauhes Wort entschlüpft, wenn Angesichts der ungerechten An=
griffe auf die Rechte und Freiheit der Kirche der Unwille seine
Seele überströmt".

Der Gegenstand, der ihm jedesmal den Sieg sicherte,
war Jesus Christus, sein Meister und dessen göttliche Einricht=
ungen. Er schwebte dann in den Höhen des Glaubens, wie der
Adler über den Gipfeln unserer Alpen.

Zu allen Zeiten genügte dem Hrn. Abbe Mermillod nur
ganz kurze Vorbereitung auf seine Predigten. Gewöhnlich reichte
ein erster schriftlicher Entwurf hin. Das Band methodischer
Ideen war sein Gedächtniß. Zuweilen, im Feuer des Stegreifs,
schienen sie ihm zu entwischen. Auf die manchfaltigste und an=
muthigste Weise verstand er jedoch sie wieder zu finden. Sein
Styl war bilderreich, aber durch eine gewisse Nüchternheit be=
schränkt, die Jedermann gefällt.

Niemand versteht wie er, ein Fest zu verschönern. Im
höchsten Grad besitzt er die Kunst treffender Bemerkung. Im
Gespräche, dem er lauscht, im Buche, das er liest, ist er wie
eine auf Beute ausgehende Biene. Er hat ein sehr gutes Ge=
dächtniß. Die in demselben gleichsam eingerahmten Worte kehren
ohne Anstrengung wieder, daher die außerordentliche Leichtigkeit,

aus dem Stegreif zu sprechen, die er besitzt. Oft hat er seine schönen Predigten während einer Eisenbahnfahrt verfaßt.

Nehmen wir den Faden der Ereignisse wieder auf. Nach seiner Rückkehr aus Paris erwarteten Hrn. Abbe Mermillod abermals die Kämpfe einer Pfarrei. Mit Hilfe kleiner Abhandlungen für zwei Sous, die man in den Straßen den Vorübergehenden anbot, hatte man einen treulosen Krieg gegen den katholischen Glauben geführt. Darauf antwortete er in einer Broschüre, betitelt:

„Mit dem ersten Schuß." Als später Pastor Oltramare, durch einen sich für einen ehmaligen Novizen ausgebenden Ueberläufer getäuscht, geglaubt hatte, durch Veröffentlichung der Jesuiten von Belley, oder der Entdeckungen von Paul de sainte Foi, dem Katholicismus einen tödtlichen Streich zu versetzen, geißelte Hr. Abbe Mermillod im vollen Harnisch nicht nur den Verläumder selbst, sondern zugleich auch Alle, die ihm zugestimmt. Der angebliche Paul war nur ein armseliger Arbeiter, Namens Girard, der eine sehr bedauernswerthe Vergangenheit hatte. Die ganze Demüthigung fiel auf den leichtgläubigen und gehässigen Pastor zurück, den er getäuscht.

Hr. Abbe Mermillod konnte deßhalb am Schlusse der drei langen Artikel im Spectator, die er unterzeichnete, seinem Gegner zurufen: „Herrn Oltromare gebührt nun die Ehre der Broschüre Girards, die er durchgesehen und herausgegeben, so wie der Anhänge, die er darin gesammelt hat. Möchte dieser Broschüren=Kranz, den die Zeit fortwehen wird, wie im Herbste der Wind die Blätter, noch lange in seiner Erinnerung fortleben, um ihn aus Rücksicht gegen die Katholiken zu einem respectvollen Schweigen zu zwingen.

„Viele Protestanten, wie wir wissen, beschuldigen ihn zum Mindesten der Unbesonnenheit, in dieser traurigen Polemik, die er unüberlegt begonnen, und ohne alles Nachdenken fortsetzt.

„Er hat den Streit angefangen ohne Aengstlichkeit in der Wahl der Waffen, ohne Achtung vor den Rechten Anderer.

„Der Feldzug, den er gegen die h. Kirche unternommen, wird ihm weder den Ruf eines Schriftstellers noch eines Ehrenmannes erwerben.

„Möge der unglückliche Erfolg dieser kriegerischen Unter=

nehmung seine Erfahrungen bereichern und ihn durch die Wahrheit zur Liebe zurückführen."

Am 24. Mai 1852 war der Observator, der sich, um den Geldstrafen der radicalen Regierung von Freiburg zu entgehen, in den Spectator hatte verwandeln müssen, auf's Neue vor den Richter beschieden. Man hatte ihn auf Preßvergehen angeklagt. Ueberzeugt seitdem, daß es nicht mehr möglich sei, bis zur gläubigen Bevölkerung von Freiburg durchzudringen, erklärten die Redacteure desselben Journals, sich bis auf bessere Zeiten von dem Kampfplatze zurückzuziehen. Abbé Mermillod war einer von ihnen.

Im selben Jahre wurde er, um den Fastencyclus zu halten, nach Turin berufen, wo die Fäden der italienischen Diplomaten in der Hand Cavour's zusammenliefen. Damals erstrebte dieser Staatsmann nur den Besitz von Oberitalien für seinen Herrn. In einem Privatgespräche mit Abbé Mermillod besprach er die Bedingungen eines guten Ehegesetzes und es schien ihm, daß, damit es diesen Namen verdiene, das Gesetz die Schwäche der Frau, die ihr ihre Stellung auferlegt, beschützen, und ihr Achtung vor ihrer Ueberzeugung verschaffen müsse.

Königin Christine, Wittwe Karl Alberts und die Gemahlin Victor Emanuels, Beide mit ihrem Gefolge, wohnten regelmäßig den Vorträgen des Abbé Mermillod bei, und gaben ihm ihre hohe Zufriedenheit zu erkennen.

Seitdem der Spectator aufgehört hat, zu erscheinen, besaß die katholische Sache zu Genf kein Organ mehr. Dies benützten die Protestanten, um die Angriffe gegen unsern Glauben zu vermehren. Die Spalten des Semeur Genevois öffneten sich allen unsern Gegnern. Der eifrigste derselben war Hr. Götz, der sich die Aufgabe gestellt, unsere hl. Mysterien lächerlich zu machen.

In seiner innersten Ueberzeugung verletzt, richtete Hr. Abbé Mermillod die Frage an sich, ob er nicht auf's Neue die Feder ergreifen solle. Er besprach sich darüber mit Msrg. Rendu, Bischof von Annecy, und mit dem im Exil zu Divonne weilenden Msrg. Marilley.

Beide riethen ihm zu einer monatlichen Rundschau.

„Es gereicht mir zum Troste", antwortete Letzterer, „daß auf die Ankündigung einer neuen protestantischen Revue, um den

Katholicismus und zwar den Grundstein des ganzen katholischen Kultus, das hl. Meßopfer, zu bekämpfen, Priester und fromme unterrichtete Laien sich in der Absicht vereinigt haben, die Wahrheit unserer hl. Religion zu vertheidigen.

„Ich würde Ihnen nicht zum Angriff gerathen haben. Zur Vertheidigung hingegen ermuntere ich Sie auf's Eifrigste. Dieselbe scheint mir leicht, gerecht und selbst nothwendig, um einerseits die Katholiken zu kräftigen, andererseits die gläubigen Protestanten die Wahrheit und Heiligkeit des so verhängnißvoll seit dreihundert Jahren vor ihren Augen entstellten Katholicismus kennen zu lehren.

„Während ich Sie zu diesen Arbeiten ermuntere, empfehle ich Ihnen zugleich, sich mit Geduld und Liebe ihnen zu widmen. Bedenken Sie, daß wir in einer Zeit leben, wo es sich weit weniger um Controverse handelt, als einfach die Glaubenslehren und die Werke der katholischen Religion darzulegen".

Mgr. Rendu sprach sich noch bestimmter aus.

„Sie fragen mich", schrieb er von Annecy am 4. November 1852, „ob es gut sei, in Genf eine katholische Revue erscheinen zu lassen, bestimmt, zahllosen Geistern Licht zu verschaffen, die in der Zeit, in der wir leben, zwischen Wahrheit und Irrthum zu schweben scheinen. Ich nehme keinen Anstand, zu antworten: Ja, mein Herr, der Augenblick dazu ist da. Die katholische Revue von Genf ist Bedürfniß des Zustandes der Geister und jener sehnsuchtsvollen Erhebung der Herzen, welche Flügel zu suchen scheinen, um sich über die Güter der Erde zu erheben, deren Zukunft sich mit jedem Tage unsicherer gestaltet."

„Wir sind es, die die kostbarste Perle besitzen, die noch heute die bitterlich weinende Frau, von welcher das Evangelium erzählt, sucht. Freuen wir uns derselben nicht allein. Stecken wir das Licht auf einen genügend hohen Leuchter, damit es von Allen gesehen werden könne. „„Eine gute Revue, eine katholische Revue, in der Stadt Calvin's erscheinend, wird der beste Leuchter sein, den man möglicher Weise wählen könnte".

„Ich schenke Ihrem Vorhaben vollen Beifall. Gott und das Werk selbst haben Ihnen Alles gegeben, was man bedarf, um es auszuführen. Treiben Sie Ihre Barke auf die hohe See, werfen Sie das Netz nach der rechten Seite aus und Sie werden

einen reichen Fischfang machen und stets Grund genug haben,
sich zu freuen.

Ihr ergebener
Louis, Bischof von Annecy."

Damals begannen die Annales catholiques von Genf zu
erscheinen. Hr. Mermillod ließ ihnen seinen Namen, während er
die Beweggründe zu dieser neuen Publication auseinandersetzte.

„Wir würden mit Unrecht alles Verdienst der Annales
catholiques dem Hrn. Abbe Mermillod zuschreiben. Er hatte zahl=
reiche und gelehrte Mitarbeiter. Aber ihm gehört die Initiative."
Msgr. Rendu hat in dieser Revue häufig Artikel veröffentlicht,
die den hohen Beifall des J. Perrone erwarben. „Ich bin mehr
und mehr entzückt von Ihren Annalen, schrieb dieser Gelehrte einem
unserer Freunde, und ich sehe das Gute voraus, das diese Samm=
lung bewirken wird. Verfolgen Sie Ihr Unternehmen mit Muth
und Ausdauer. Der liebe Gott wird es segnen. Die Bösen
werden nie müde, das Böse zu thun; aus demselben Grunde
wollen wir nicht müde werden, das Gute zu thun. Der Kampf
hat begonnen, wir müssen vorwärts gehen."

Die bedeutendsten Arbeiten des Hrn. Abbe Mermillod waren
die Studien über den heutigen Protestantismus und über
die unverletzte Jungfrauschaft der Mutter des Erlösers.
Er schloß Beide mit der Bemerkung: „Ich wage zu behaupten,
in diese Studie zwei Dinge getragen zu haben, die Freimüthig=
keit in der Discussion und die Redlichkeit in der Quellenforsch=
ung. Ich habe fast alle von mir gebrachten Anführungen selbst
bestätigt."

Dies Buch, bestimmt die niedrigen Broschüren der prote=
stantischen Geistlichkeit in Genf zu widerlegen, hat ein Gelehrter
ersten Ranges, der viel bedauerte Hr. Foisset, Cassationsrath in
Dijon, also beurtheilt:

„Was mir namentlich an dem kleinen Buche auffiel, das sich
mitten in einem Leben voll Streitigkeiten besonders durch das
zu fassende, mögliche Gute, das es bot, so schnell seinen Bestand
gesichert, ist die Salbung, die bisher zurückgehaltene Ergießung
einer reinen, beredten Seele. Hat Hr. Mermillod den Streitpunct
erschöpft, dann schüttet er sein Herz aus und es entschlüpfen
ihm so wehmüthige, einfach schöne, erhabene und eindringliche
Worte, wie die wohlgehärteten Nägel, welche die Erhebungen

zu den Geheimnissen oder die Betrachtungen über das Evangelium Bossuets so rühmlich vollenden.

Lassen wir die letzten Seiten dieser Schrift hier folgen. Es gibt kaum etwas Lieblicheres.

„O Maria, unbefleckte Jungfrau, Mutter des Erlösers. Ich habe diese Zeilen geschrieben. Verzeihe sie mir. Sie sind weder deiner noch deines Sohnes würdig.

Deine undankbaren Kinder wagen vergeblich dich zu beleidigen. Der Himmel bewundert deine Herrlichkeit. Die Erde besingt sie. Heute feiern und preisen dich die Malerei, die Baukunst, die Töne. Auf diesem Boden der dich verkannt hat, richten sich Säulen in die Höhe, erheben sich Denkmäler und auch unsere Stadt nimmt ihren Platz in dem Zusammenwirken der Künste ein, die deine Herrlichkeit verkünden.

Genehmige diese Zeilen. Es sind einige Blumen, die ich da und dort auf dem Felde der Wissenschaft gepflückt und so glücklich bin, vor deine Füße zu streuen, als die Zeugen meines Glaubens".

Damals legte man den Grundstein zu der Kirche Notre Dame. Schon jetzt konnte Jedermann den künftigen herrlichen Bau erkennen, für welchen man in Deutschland, Holland und Belgien gesammelt hatte.

Herr Abbé Mermillod durcheilte die bedeutendsten Städte Frankreichs und sprach von den Kanzeln herab sein begeistertes Wort, während er der großen Schöpfung in Genf Sympathien erweckte. Orleans empfing ihn auf's Glänzendste. Am 27. Februar 1853 schrieb er seiner Mutter: „Ich werde in der Diöcese Orleans durch Msgr. Dupanloup, einer der gefeiertsten Redner und Schriftsteller Frankreichs, mit vieler Aufmerksamkeit behandelt. Meine Predigten finden günstige Aufnahme. Ich bewundere hier die Männer und die Studirenden der Universität, sowie die Angehörigen der höchsten Stände; sie sind religiös und haben viel Interesse für Werke der christlichen Charitas...."

Im Jahre 1854 fing Hr. Abbé Mermillod an, die Folgen seiner Anstrengungen zu fühlen. Die Aerzte befürchteten, der Luftröhrenkopf sei angegriffen und empfahlen ihm deßhalb Ruhe und das italienische Clima. Begreiflich dachte er zunächst an Rom, wohin Papst Pius IX. die katholischen Bischöfe zur Verkündigung des Dogmas der unbefleckten Empfängniß berufen hatte.

Vor seiner Abreise schrieb Abbe Mermillod dem Hrn. Abbe Caillat, einem seiner Collegen, um ihm während seiner Abwesenheit die Leitung der Annalen anzuvertrauen.

Wir entnehmen dem Briefe einige Stellen.

„Meine etwas geschwächte Gesundheit zwingt mich zu meinem größten Bedauern, Ruhe zu suchen. Sie werden begreifen, daß meine Abwesenheit dem Werke, das uns theuer ist, nicht nachtheilig sein darf.

Ich werde mich Ihnen nicht durchaus entziehen. Mein Antheil an Verantwortlichkeit und Arbeit bleibt mir. Ich gehe nach Rom zur Wiederherstellung meiner Gesundheit und um meine Seele in die Stadt erhabener Einsprechungen und heiliger Erinnerungen zu tauchen. Dort finde ich etwas Besseres als Bücher, eine aus Asche und Ruinen zusammengesetzte Erde, Denkmäler voll Erinnerungen und Männer, die mit der Correctheit des Glaubens die fruchtbare Wissenschaft und das Feuer des Herzens bewahrt haben.

Ich werde die Freude haben, die um Pius IX. versammelten Bischöfe zu sehen, die, von allen Punkten der Erde herbeigeeilt, jene Entscheidung vorbereiten, welche die Königin der Kirche, die Mutter unseres Herrn Jesu Christi verherrlichen soll. Ich werde meine Leser durch Beschreibung dieser Feste der ewigen Stadt zu Theilnehmern derselben machen. Allerdings wird mein Wort nur ein blasser Wiederschein dieses katholischen Glanzes sein, sie werden es jedoch aufnehmen wie der Reisende, der beim Sinken des Tages die Sonne selbst nicht mehr erblickt, aber sich doch des durch ihre letzten Strahlen purpurgefärbten Gewölkes freut."

Am 16. October trat Abbe Mermillod die Reise nach Rom an. Dort war er glücklicher Zeuge der erhabenen, das feierliche Decret der unbefleckten Empfängniß begleitenden Festlichkeiten.

„Wenn einige flüchtige Strahlen des himmlischen Glanzes die Erde berühren, schrieb er, ist es ein Leuchten der paradiesischen Feste, die unser trauriges Exil erhellen.

Nach einer sehr rührenden Beschreibung der Feier schloß er mit folgenden Worten:

„Die Feste, die Rom eben der Welt gezeigt, sind eine Offenbarung seines Lebens. Mit Stolz wiederhole ich das Wort Bossuet's. Nein, Rom ist nicht erschöpft. Seine Stimme ist im

Alter nicht erloschen. Es ist der Mittelpunkt der Christenheit, die Erhebung der Nationen. Rom ist Königin der Welt durch die Wahrheit und durch die Liebe. Die Völker, die seine lieb= liche, göttliche Autorität abgelehnt, verlieren sich in Anarchie der Seelen, Verfall der Lehre oder in Sclaverei des Geistes. In der so schnell vorübergegangenen Feier erkannte ich den der Kirche Jesu Christi eigenen dreifachen. Character der Einheit, Dauer und Allgemeinheit. Alle Zeiten bis heute haben der dogmatischen Entscheidung ihre historischen Forschungen, ihre wissenschaftlichen Zeugnisse dahin mitgebracht. Der Entscheidung unterwerfen sich die Völker durch ihre Bischöfe. Der endgiltige Ausspruch endlich geschah durch einen Mann, der ihn deßhalb der Welt zur An= nahme vorlegt, weil er ihn aus der Tradition, als von Gott selbst gethan, entnommen.

Wie süß ist es, Katholik zu sein. Haben wir Mitleid mit den Seelen, die sich außerhalb der Kirche befinden. Beten wir für sie. Traurige Vorurtheile halten sie noch ferne von der Universalfamilie und schließen sie schon hienieden von dem süßen Frieden des Geistes und den besten Freuden des Herzens aus".

Während seines Aufenthaltes in Rom verlor Abbe Mer= millod seine Zeit nicht mit unnützen Ausflügen. Neben den Be= suchen der Denkmäler der ersten christlichen Zeiten studirte er noch gründlicher das kanonische Recht. Nachdem er den Vatican, das Collosseum, den mamertinischen Kerker besucht, kamen auch die Basiliken, die Katakomben und schließlich die Erinnerung des heidnischen Roms an die Reihe.

Er schildert seine Eindrücke in den Annalen in Form von Briefen.

„Rom, sagt er, ist eine unermeßliche Katakombe, wo im Durcheinander verstümmelte Steine, halbverwischte Gemälde, zer= streute Gebeine aufgehäuft umher liegen. Ueber den Palästen aber der Cäsaren, das goldene Haus, die Triumphbögen, herrscht das Christenthum. Wie über die geweihte Ruhestätte unserer Martyrer schwebt auch über diese Stätten des Todes die Idee der Unsterblichkeit.

Unser Glaube hat Rom geheiligt, das entthronte Rom und dennoch Königin der Welt. Mit welcher Freude durcheilen wir es als christliche Pilger, die die Fußstapfen der Apostel aufsuchen, den Boden der Martyrer küssen, während wir in den Zellen niederknieen, wo die Heiligen gebetet. Wir finden dort ein reineres Licht, mildere Freuden.

Angesichts der umgestürzten Säulen auf dem Forum rief ich mit Tasso aus: „„O Rom, nicht deine Triumphbögen suche ich, deine Thermen, sondern das für Jesus Christus geflossene Blut und die auf der nun geheiligten Erde zerstreuten Gebeine. Obgleich es nicht mehr dieselbe Erde ist, möchte ich sie doch mit so vielen Küssen und Thränen bedecken, als Schritte meine müden Glieder auf ihr dahin tragen!""

Der Christ weiß übrigens auch die Herrlichkeiten des alten heidnischen Rom's zu schätzen. Er sieht gerne die frühesten Gerichtshöfe der Stadt, deren Schicksale die Welt und alle Zeiten erfüllen werden, er eilt auf den Aventin und Quirinal, die durch die Kämpfe der Väter, die Vorspiele der Völkerkämpfe unsterblich geworden sind. Diesem Einfluß entzieht sich Niemand; bald hat die Fantasie das alte Rom wieder aufgerichtet. Hier das Forum mit seinen Echos lateinischer Beredsamkeit, die hl. Straße, das Capitol mit dem Zug des in Triumph einherziehenden Feldherrn, das noch erhaltene Pantheon; Könige, Consuln, Kaiser, das Blendwerk öffentlicher Redner, Bürgerkriege, ferne Eroberungen, der Cult heiterer und wohllüstiger Gottheiten, keine dieser verschwundenen Größen, keines der stolzen Ereignisse sind dahin, ohne dieser von Menschen und Erinnerungen zertretenen Erde ihr Gepräge aufzudrücken. Es ist ein besonderer Genuß für den Geist des in Rom Weilenden, die römische Geschichte in Rom selbst zu studiren.

Ich habe diesen historischen Forschungen meinen Tribut gezahlt. Zu diesem Zwecke habe ich selbst die schöne melancholische Campagna mit ihren Trümmergefilden, ihren endlos hinziehenden Bergen, mit ihrer durchsichtigen Luft und ihrem so schönen blauen Himmel durcheilt.

Nachdem ich den Weg nach Tusculum eingeschlagen, dachte ich daran, später nach Ostia zu gehen. Es interessirte mich nicht nur der Ort, wo einst die Rednerbühne gestanden, wo Cicero seinem Vaterlande und zugleich seinem Ruhme gedient, ich wollte auch den Ort kennen lernen, wo der jugendliche Augustin andere junge Leute in der Redekunst geübt hatte, um gegen die Unruhe seines Geistes und die Erschlaffung seines Herzens neuen Muth zu schöpfen. Es war an der Stelle, wo sich heute der hohe

Thurm von St. Maria in Cosmedin erhebt, über den Ruinen des Tempels der Keuschheitsgöttin, neben dem heute noch erhaltenen kleinen Tempel der Vesta".

Wir können uns nicht versagen, Abbé Mermillod nach Ostia zu folgen, wo Monika, die Mutter Augustins gestorben.

„Dorthin habe ich mich als demüthiger Priester begeben, ihre letzten Worte zu sammeln, die Erde zu küssen, die sie mit ihren Füßen berührt, an dem Fenster zu beten, an dem sie, entzückt über den Anblick des herrlichen Naturschauspiels, die Herrlichkeit des Himmels begrüßte. Ich hatte nach Ostia eine kleine Reisegesellschaft gefunden. Gewiß war es eine besondere Vergünstigung der Vorsehung, das Sterbezimmer Monikas an dem Tage selbst zu verehren zu dürfen, an welchem Augustin bekehrt worden. Solche Zusammentreffen sind für die Seele ungehoffte Freuden, für welche sie Gott in dankbarer Liebe preist.

Gleichgültig durcheilen wir die Straßen Roms. Wir lassen das Forum und das Capitol zur Linken, während wir den Vilabro, den vierarmigen Janus und den großen Abzugskanal des Tarquinus nur mit flüchtigem Blicke betrachten. Am Aventin vorübereilend, gedenken wir kaum der Umwälzungen Roms, dagegen begrüßen wir die Kirche St. Sabina, die dies Asyl des römischen Volkes beherrscht und flehen die Fürbitte der unter den Altären ruhenden Martyrer an.

Der Weg nach Ostia zieht sich zwischen Hügeln und ausgetrockneten Teichen hin. Bald berührt, bald verläßt er das Ufer des seine gelben Wasser entsendenden Tiber. Die milde Luft übt ihren Einfluß auf den Reisenden, der Himmel ist rein. Trotz ihrer vielen Ruinen ist die Gegend dennoch höchst anmuthig. Hinter Weißdornhecken weiden auf grünen Ebenen zahlreiche Heerden. Diese Mischung von Trümmern und saftigem Grün, diese Blumen zwischen den Ruinen zeigen die Gegensätze des Lebens. Es sind einige flüchtige Freuden auf dem Boden des Schmerzes.

Nach ungefähr zweistündigem Marsche zwischen Anhöhen, deren mannchfaltige, gekrümmte Formen den römischen Horizont zum Hintergrunde haben, zeigt sich, umgeben von Brombeerstauden, jenseits einiger bedeutenden Gehölze, Ostia. Heute ist es nicht mehr der belebte, geräuschvolle Hafen, von welchem die drei-

ruberigen römischen Reichsgaleeren der Welt ihre siegreichen Heere
sandten, und wo diese der Götterstadt die Kriegsgefangenen und
die Siegesbeute brachten. Es besteht nicht einmal mehr der Hafen
des Ancus Martius. Das Meer hat sich weit zurückgezogen
und umspült nicht mehr seine Mauern. Seine Denkmäler sind
zerfallen. Kaum vermögen einige kleine Barken in dem mit
Sand angefüllten Hafen vor Anker zu legen.

Der Boden ist mit Trümmern und Inschriften übersäet. Zer=
brochene Säulen und einiges, den Bauern zum Schutze dienendes,
zerfallenes Gemäuer ist Alles, was von dieser alten Stadt noch
übrig. Ein noch vorhandener, von Ephen anmuthig umrankter
Thurm erinnert daran, daß Ostia einst befestigt gewesen.
Uns Pilger indessen hatten nicht der zerfallene Tempel des
Jupiter, nicht die Ueberreste der Arena in diese verkommene
Gegend und zu diesen Schutthaufen geführt, sondern das Ver=
langen, in dem Zimmer zu beten, wo Augustin gebetet, wo
seine Mutter gestorben und wo das Fenster sich befand, an
welchem Beide Hand in Hand das Meer und das Firma=
ment betrachtend, vom Himmel, von Gott, sprachen und
sich vom Anblick der sichtbaren Dinge zur ewigen Weisheit er=
hoben. Sie klagten nur, kein anderes Mittel zu besitzen, solche
Dinge auszusprechen, als das menschliche Wort; diese Ergieß=
ungen reichten jedoch hin, sie mit Licht und unaussprechlicher
Freude zu überströmen.

Das Zimmer ist seitdem in eine bescheidene Capelle umge=
wandelt worden. Uebrigens hat es seine frühere Gestalt, auch das
Fenster behalten. Ich war so glücklich an dem Tage das hoch=
heilige Meßopfer an diesem Altare darbringen zu dürfen. Den
Altar umgaben brave junge Leute, der Kirche mit Liebe er=
gebene junge Mädchen, bei denen der Verstand das Niveau ihres
Herzens und ihres Glaubens erreicht hatte, deren Seelen die
Spuren der Heiligen suchen, aber nicht verschmähen, auch das
Ehrwürdige der Kunst zu verstehen. Wir hatten gelobt, uns
im Gebet für Frankreich zu vereinen, das sein Blut in Africa
und im Orient vergießt, für das der Kirche so treu ergebene
Savoyen, für das geliebte Genf, dem der Glaube Augustin's
allein Friede und Ruhe bringen kann. Nichts hatten wir ver=
gessen von Allem, was uns lieb. Die Liebe zu den Abwesenden
pflegt in der Atmosphäre der Heiligen zu wachsen. Herz und

Lippen empfehlen Gott mit noch größerer Wärme diejenigen, die unserm Andenken so theuer sind.

Ich wollte vor der hl. Messe Einiges über den hl. Augustin sagen, doch hatte ich Mühe, die unvergleichlichen Zeilen der Bekenntnisse zu lesen, denn vor solchen Erinnerungen bleibt das Wort kalt und farblos. Dennoch las ich, Thränen im Auge, tief bewegt, ohne jedoch die wunderbare Erzählung vollenden zu können, die in diesem geweihten Raume noch wunderbarer wurde.

Alles in diesem Buche erweckt unsern heiligen katholischen Glauben, das Gebet für die Verstorbenen, das Opfer des Altars. Wie sehr müssen wir diejenigen bedauern, die diesen heiligen und geliebten Glauben in den Wind geblasen haben.

Gott weiß es, welche Bitten ich ihm während der heiligen Messe vorgetragen. Indessen waren die Stunden in dieser Capelle rasch enteilt und die Karawane wünschte die gerechte Neugierde des Touristen zu befriedigen.

Bald hatten wir, einige Blumen in den Spalten des schwarzen Gesteines pflückend, die schwankenden Stufen des alten Thurmes Julius II. erstiegen. Das Auge konnte nicht müde werden, das sich uns bietende Schauspiel zu betrachten. Hier die dunkeln Wälder von Castel Fusano, die von den beiden Tiberarmen gebildete sandige Haide de Della, die sich auf den römischen Horizont abzeichnenden Berge und das unermeßliche, ruhige, glatte Meer. Bald ist es azurn, bald smaragden. Es ist von Sonnenglanz umkleidet. Angesichts dieser Bäume, des Himmels und der Wogen, schweift die tiefbewegte Seele durch die Jahrhunderte. Sie blickt nach der kleinen Capelle, umgeben von dieser Einsamkeit und der so herrlichen Natur, und betrachtet die so rührende Scene, den lieblichen Tod jener Mutter, die durch ihr Gebet und ihre Thränen ihren Sohn, den künftigen Bischof, zum Beistand in ihrem Todeskampfe und zu einem der größten Leuchten der Kirche gemacht".

Diese anmuthigen Zeilen sagen besser, als wir es vermöchten, wie Abbé Mermillod in den Ergüssen der Freundschaft zu erzählen und zu schreiben verstand.

Wie bekannt, ist Nizza der Sammelplatz von Fremden, die hier das wohlthuende südländische Clima aufsuchen. Im Jahre 1856 ward Abbé Mermillod dorthin berufen, um die Fastenpredigten zu übernehmen. Es war gerade der bischöfliche Stuhl erledigt. Angenehm berührt von dem ihr bisher unbekannten Kraft seines Wortes sprach die Bevölkerung den Wunsch aus, ihn als Bischof zu besitzen. Auch der Clerus wäre glücklich über diese Wahl gewesen. Abbe Mermillod jedoch lehnte die Ehre ab. Es erwarteten ihn andere Kämpfe in Genf und er sollte sein Apostolat in anderen Städten ausüben.

Jetzt war die Zeit gekommen, wo sich Abbe Mermillod als ausgezeichneter Polemiker, nicht nur mit der Feder, sondern auch in einer Besprechung zu erkennen gab, die zu Divonne zwischen vier katholischen und vier protestantischen Geistlichen stattfand. Divonne ist ein kleiner, durch seine Heilquellen bekannter Flecken in der Gegend von Gex. Jedes Jahr hatte die Propaganda unter den Fremden die größte Thätigkeit entwickelt. Um dem ein Ende zu machen, verlangte der Pfarrer des Orts von Hrn. Bungener, einem protestantischen Geistlichen, der in großer Menge Abhandlungen unter die Badegäste verbreitete, Genugthuung für die treulosen, so geschickt angebrachten Verdächtigungen der katholischen Priester. Die Folge war ein Streit, der eine öffentliche Conferenz herbeiführte. Auch Abbe Mermillod ward aufgefordert, sich an derselben zu betheiligen, wobei er sich von Abbe Caillat, Aumonier der Gefängnisse, begleiten ließ. Herr Tavoux, Pfarrer von Divonne, seinerseits erbat sich den Beistand des Hrn. Martin, Pfarrer von Ferney. Ihnen gegenüber standen die Hrn. Bungener und Jaquet, Geistliche der Landeskirche, dann Guers von der Freigemeinde und Bois von Valenzia.

Es war am 7. September 1856. Mehr als zwanzig Personen hatten sich in der Mairie versammelt, unter andern der Vicomte Bonchage, Hr. Escaude, Advokat von Paris, der Maire und verschiedene katholische und protestantische fremde Curgäste.

Nachdem die Umstände erwähnt, die diese ungewöhnliche Versammlung veranlaßt, bat Herr Martin, es möge sich der Kampf zuerst auf dem Boden der Fundamental-Wahrheiten des Glaubens bewegen und es möchten die zwei Glaubensregeln, die katholische und die protestantische, vorgelegt und besprochen werden.

„Wir wollen, fuhr er fort, ehrliche Gegner sein und mit höflichen Waffen kämpfen. Obwohl wir den Vortheil, den in jedem Streite das Recht des Angriffs gewährt, kennen, wollen wir dennoch dies Vorrecht nicht zu unsern Gunsten in Anspruch nehmen. Gestützt auf das Recht der Wahrheit überlassen wir Ihnen die Wahl der Waffen.

Wenn Sie daher, meine Herren, es für gut finden, werden wir damit beginnen, die katholische Glaubenslehre zu exponiren. Sie können sie dann angreifen, und an uns wird es sein, sie zu vertheidigen. Sollten Sie jedoch vorziehen, die protestantische Glaubenslehre zuerst zu exponiren, würden dagegen wir sie angreifen und Sie sie vertheidigen. Uebrigens sei im Voraus festgestellt, daß, so lange auch die Conferenz sich hinziehen möge, das protestantische Princip jedenfalls untersucht werden soll. Wir sind überzeugt, so ehrlich gestellte Bedingungen werden nicht zurückgewiesen werden."

Hr. Bungener erklärte, von dem vortheilhaften Anerbieten Gebrauch machen zu wollen und bat die Versammlung, die katholische Glaubensregel zuerst zu behandeln. „Da der Katholicismus Unfehlbarkeit für sich in Anspruch nimmt, sagte er, ist es an ihm, diesen Anspruch zu rechtfertigen." Nachdem so der Grund zur Streitführung gelegt, begann Hr. Abbe Mermillod mit der Exposition der katholischen Glaubensregel und zeigte, „daß Jesus Christus eine Kirche gestiftet, die sein mystischer Leib ist, daß er Männer gewählt, denen er übernatürliche Gewalt und die doppelte Sendung verliehen, zu lehren und die hl. Sakramente zu spenden. Dies der göttliche Plan. Ohne diese stets lehrende Kirche, die treue Zeugin und Hüterin der göttlichen Offenbarung wäre die Wahrheit nur ein unsicherer, hinfälliger Schein." Hr. Bungener erklärte, diese Weise, das katholische System zu exponiren, habe etwas Verlockendes, jedoch müsse man vor Allem die hl. Schrift befragen, denn jeder Beweis, der sich nicht auf sie stütze, sei kein gültiger Beweis.

Hr. Abbe Mermillod erwiderte seinem Gegner, es sei dies eine petitio principii. Vor Allem werde er die Existenz der Kirche zeigen. „Die Kirche ist eine historische Thatsache, die selbst der Verkündigung des Evangeliums vorausgeht."

Wir können den Einzelheiten der interessanten Verhandlung nicht folgen, bei welcher Hr. Martin sich öfter mit seiner gewaltigen Logik in's Mittel schlug, während Hr. Abbe Mermillod mit Begeisterung und ohne einen Augenblick die Ruhe zu verlieren, den Kampf bis zum Aeußersten verfolgte. Einen Augenblick schienen die protestantischen Geistlichen gesiegt zu haben, als man den Satz aufstellte: das Christenthum von heute muß das Christenthum der ersten christlichen Zeit sein. Sie verlangten, daß man dies Geständniß zu Papier bringe. Ohne sich beirren zu lassen, erklärte Hr. Martin, daß auch er wünsche, man möge seine Worte genau aufzeichnen. Wir sind nicht von gestern, fügte er hinzu, und das Alter unserer Kirche ist gerade, was ihre Stärke ausmacht. Was Sie übrigens als ein Geständniß unserer Seits hinnehmen, wird sich alsbald sehr entscheidend gegen Sie selbst kehren."

Herr Mermillod erwiderte:

„Das Christenthum von Heute muß das ursprüngliche Christenthum sein. Demnach besteht das Christenthum vor der h. Schrift des neuen Testamentes, woraus hervorgeht, daß das Christenthum ohne sie besteht."

Angesichts dieses unwiderlegbaren Syllogismus stutzten die protestantischen Geistlichen und nachdem Hr. Abbe Mermillod gezeigt, daß das Christenthum gegründet und verbreitet worden ohne die h. Schrift, sah sich Hr. Bungener genöthigt, zuzugeben, daß die h. Schrift nicht das früheste Mittel zur Verbreitung der Wahrheit gewesen, daß dies in der ersten Zeit auf andere Weise geschehen mußte, d. i. durch einfache Ueberlieferung.

Gedrängt durch die Beweiskraft seiner Gegner, mußte er sogar zugeben, daß noch heute der Christ die h. Schrift entbehren könne.

Jetzt ging man in die Einzelheiten der hl. Schrift ein. Um zu erklären, man habe sich zur Zeit der Apostel des alten Testaments bedient, wählte Hr. Guers die Stelle vom Eunuchen der Königin Candace. Die Worte: Wie kann ich verstehen, was Niemand mich lehrt? benützend, zeigte er indeß, daß die Schrift dunkle Stellen enthält, die durchaus die Erklärung einer fremden, unfehlbaren Autorität erfordern.

Nun kam die Frage des Primates Petri an die Reihe. Hr. Abbe Mermillod entwickelte die Verheißungen Jesu Christi und ihre Erfüllung. Die HH. Bungener und Bois bestritten indeß die Richtigkeit der Erklärung der betreffenden Texte und gaben den Werth nicht zu, den Hr. Mermillod ihnen beilegte.

Darauf erwiederte dieser lebhaft: „Ist es möglich, meine Herren, den Worten des Erlösers den Sinn abzuleugnen, den sie ganz natürlich haben. Wenn Sie diese Stellen im Urtext, ihr Sinn dort noch deutlicher zu erkennen ist. Mag auch der menschliche Verstand sich herausnehmen, diese Worte zu erklären, Systeme auf sie aufzubauen, sie sind klar, voll Kraft und Majestät, sie wirken, was sie bezeichnen und Niemand vermag zu leugnen, daß der Erlöser in drei verschiedenen feierlichen Momenten Petrus Titel und Amt verliehen, die ihm allein gehören. Du bist Petrus und auf diesen Felsen will ich meine Kirche bauen.

Ich wende mich hier an den gesunden Verstand, an die vorurtheilsfreie Vernunft und frage, hätte sich der Herr, wenn er das Primat Petri einsetzen wollte, bestimmter ausdrücken können?"

Hingerissen von seiner Glaubensstärke, gibt Abbe Mermillod der Ueberzeugung seines Herzens vollen Ausdruck in folgenden Worten: „Sie, so wie ich, meine Herrn, sind im vollen Besitze der Wissenschaft und werden deßhalb vor dem Richterstuhle Gottes unsere Unwissenheit nicht vorschützen können. Sind Sie im Recht, im Griechischen und Syrischen studiren, werden Sie finden, daß werde ich verdammt werden, bin aber ich es, werden Sie es werden, dennoch würde ich mich vor dem Richterstuhle Jesu Christi erheben und dem Erlöser sagen: Herr und Heiland, ist das Primat des Petrus Betrug, so trägst du die Mitschuld und hast mich durch deine Worte betrogen. Ja, meine Herrn, ich sage es mit nicht zurückzuhaltender Bewegung, vor diesem Gerichtshofe wird es nicht möglich sein, unter einen einzigen Text zu flüchten, um Ihre Angriffe auf das Primat des hl. Petrus zu rechtfertigen."

Die Discussion währte bis Abend sieben Uhr und erstreckte sich sowohl auf die hl. Bücher, als auf die Unmöglichkeit, deren Echtheit ohne die Autorität der Kirche festzustellen. Hr. Abbe Mermillod zeigte sogar das Unvermögen der Genfer Geistlichen, die Gottheit Jesu Christi klar festzustellen, Dank des Princips der freien Forschung.

Bereits währte die Sitzung sechs Stunden, als man beschloß sie aufzuheben.

Wem gehörte der Sieg? Dies konnten nur die Anwesenden entscheiden. Ein Einziger unter ihnen, Hr. Escaude, Anwalt von Paris, erhob sich und sagte zu den katholischen Priestern: „Ich danke Ihnen, meine Herren, daß Sie zu dieser Conferenz gekommen. Sie hat meine katholische Ueberzeugung gekräftigt. Bevor man sich trennte, erinnerte Hr. Martin daran, was Anfangs festgesetzt worden und verlangte, daß die Discussion am folgenden Tage wieder aufgenommen werde, um den Werth der protestantischen Glaubensregel zu erforschen. Die HH. Geistlichen jedoch verweigerten dies mit der Erklärung, daß sie nicht dem Mangel an Angriff ihre Widersager zu verdanken hätten und daß dieselben bereits hinlänglichen Zündstoff in das protestantische Lager geworfen. Im Uebrigen, setzte Hr. Bungener hinzu, wollen wir noch keine Jubellieder singen.

„In diesem Falle sagte der Pfarrer von Fernex, wollen wir einen Verbalproceß aufsetzen. Die Lojalität des Streites fordert einen von beiden Parteien unterschriebenen Rechenschaftsbericht".

Die HH. Geistlichen jedoch fanden einen Verbal-Proceß unnöthig und unmöglich, ihn zu verfassen; sie zogen sich zurück, nachdem sie versprochen, nichts über die Conferenz zu veröffentlichen. Würden sie Wort gehalten haben, würden nur einige Echos dieser wichtigen Conferenz durch die Anwesenden und Mitredenden zu uns gelangt sein. Nachdem aber Hr. Bungener nach seiner Art einen Bericht verfaßt und durch die Post an mehrere Protestanten der Gegend von Cjex geschickt hatte, waren die katholischen Priester ihres Versprechens entbunden, und Hr. Martin, Pfarrer von Fernex, der dem Streite vorgestanden, veröffentlichte alle einzelnen Theile desselben, die Richtigkeit nicht nur der Gedanken und Worte, sondern, so gut war sein Gedächtniß, selbst der Ausdrücke verbürgend.

Damals sprach sich Hr. Vicomte Debonchage in folgender Weise aus:

„Ich war Zeuge der in Divonne zwischen vier katholischen Priestern und vier protestantischen Geistlichen gehaltenen Conferenz über die die Katholiken und Protestanten trennenden Unterscheidungslehren. Ich wohnte ihr mit der möglichsten Unparteilichkeit bei. Folgendes ist das Resultat meiner Erfahrung. Auf beiden Seiten hat die größte Höflichkeit geherrscht, aber ich muß bezeugen, daß die ganze Kraft der Argumentation auf Seite der Katholiken war, und daß die protestantischen Geistlichen auf die ihnen entgegengebrachten Beweise häufig nicht zu antworten vermochten. Einerseits unwiederrufliche Thatsachen, andrerseits Verneinung ohne jede thatsächliche Begründung. Dies der Eindruck, der mir von der Conferenz, welcher ich mit der größten Aufmerksamkeit folgte, geblieben.

Vicomte Debonchage.

Desgleichen haben der Maire von Divonne und Hr. Girot, Notar, folgende Erklärung abgegeben.

„Sie wünschen meine Ansicht über die am 2. September 1856 zu Divonne abgehaltene Conferenz. Ich verließ dieselbe stolz und glücklich, katholisch zu sein, und wie der Hr. Advocat von Paris kann ich sagen, mein katholischer Glaube würde gekräftigt worden sein, wenn es dessen bedurfte hätte, indem er die erbärmlichen, obgleich mit Geschicklichkeit vorgebrachten Beweisgründe der Protestanten den gründlichen Einwürfen des katholischen Glaubens gegenüber gestellt sah.

F. Roland.

Meine Ansicht über die Conferenz von Divonne am 2. Sept. 1856 ist folgende: die Sitzung währte lang und war glänzend. Trotz der Geschicklichkeit und Scharfsinnigkeit der von den Protestanten vorgebrachten Einwendungen, trotz des Vortheils des Angriffs, den ihnen die Katholiken aus Höflichkeit angeboten, blieb das katholische Dogma unverletzt. Und da ich das protestantische System, das anzugreifen den Katholiken aus Mangel an Zeit nicht möglich war, kenne, wäre ich, wenn ich nicht das Glück gehabt hätte, katholisch zu sein, augenblicklich katholisch geworden. Ich muß hinzusetzen, daß diese Kämpfe meine religiösen Grundsätze nur bestärkt haben, indem sie mir auf's Neue, die Unhaltbarkeit der von den Protestanten vorgebrachten Beweise bezeugt haben."

Girod, Notar.

Während Hr. Abbé Mermillod in der Begeisterung seines Glaubens von einer Stadt zur andern eilte, hier den Eifer für die Conferenzen des hl. Vincenz von Paulus belebend, dort der Entmuthigung und Schwäche zu Hilfe kommend, eilte die Zeit rasch voran, und der Bau der schönen Kirche von Notre Dame nahte sich rasch seiner Vollendung. Bereits standen die Altäre und voll Freude sah man den Augenblick entgegen, wo das hl. Meßopfer auf denselben dargebracht werden konnte.

Endlich, am 23. August, war der Pfarrer von Genf in der Lage seiner Gemeinde zwei frohe Botschaften zu verkünden:

1) Am 1. Oktober, Fest des hl. Rosenkranzes, wird die Kirche von Notre Dame dem Gottesdienste eröffnet werden;

2) Hr. Abbé Mermillod wird, unterstützt von einigen unter seiner Leitung stehenden Geistlichen, in der Eigenschaft eines ersten Vicars und mit dem Titel Regens von Notre Dame die geistlichen Functionen derselben übernehmen.

Bei diesem Beweis des Vertrauens, dem Msgr. Marilley, Bischof der Diöcese, zustimmte, war es nicht schwer, die Pfarrangehörigen vom Rechte des Hrn. Abbé Mermillod auf denselben zu überzeugen.

„Werden wir jemals, sagte er, seine in fernen Gegenden gehaltenen Predigten vergessen können, seine Reisen, seine unendlichen Bemühungen, uns Hilfsmittel zu verschaffen? Wie viele Steine von Notre Dame verdanken wir ihm! War es daher nicht gerecht, daß ich sogleich daran dachte, ihm Notre Dame zu übergeben? Und hat die Vorsehung nicht Alles gefügt, sowohl die Ereignisse als die Menschen?

Indem ich einen so beträchtlichen Theil meiner Pfarrei diesem würdigen Priester, diesem Freund meines Herzens, anvertraue, weiß ich wohl, daß ich damit den Wünschen der ganzen Pfarrei entspreche."

In der That hatte Jedermann Gelegenheit gehabt, nicht nur die Talente des jugendlichen Vicars würdigen zu lernen, sondern auch seine Freundlichkeit, seine unerschöpfliche Güte und das Bestreben, Jedermann Gutes zu erweisen.

Alle Katholiken freuten sich der Wahl. Am 4. October öffneten sich die Pforten von Notre Dame und die Religion nahm Besitz von dem herrlichen Gebäude. Hr. Dunoyer, der dem mühsamen Bau vorgestanden, hatte die Freude ihn feierlich einzuweihen. Er hatte die Mühen getheilt, deßhalb war es gerecht, daß er jetzt Theil an der Ehre habe. Nachdem er die Mauern geweiht, feierte er das hl. Meßopfer und sprach schließlich einige Worte an die Versammelten. Er sagte ihnen, daß endlich die Wünsche der Katholiken erfüllt und sie in Zukunft dem Gottesdienste ohne Unbequemlichkeit beiwohnen könnten.

Um drei Uhr Nachmittags bestieg Hr. Abbé Mermillod die Kanzel. Beim Anblick der Menge, die die Schiffe der Kirche füllte, bekämpfte er nur mühsam seine Rührung. Seine Rede war der Ruf anhaltender Begeisterung, die die Zuhörer electrisirte. Nachdem er erklärt, was eine Kirche sei, sagte er, daß die eben in Genf entstandene Kirche ein Act des Glaubens, der Hoffnung, der christlichen Mildthätigkeit und der Freiheit sei, und daß sie die ganze Schweiz Theil an ihr habe.

Um eine Probe dieser herrlichen Rede zu geben, wollen wir die Beschreibung einer der prächtigen mittelalterlichen Kirchen anführen.

„Wer hat jemals ohne tiefe Rührung den Fuß über die Schwelle eines dieser durch ihre Harmonie und ihre Größe bewunderungswürdigen Monumente gesetzt, ohne sich durchdrungen zu fühlen, unter dem kühn in die Lüfte geschleuderten Gewölbe, bei diesen zum Himmel strebenden Säulen, auf diesen von den Knieen ganzer Generationen ausgehöhlten Steinen, in diesen weiten Schiffen, die, wie zwei sich kreuzende Linien an das Zeichen der Erlösung erinnernd, wie Kronen um das Heiligthum her liegen, in welchem Alles seinen Abschluß gefunden, weil Jesus Christus dort ist. Ist hier nicht das schönste Sinnbild des himmlischen Jerusalem, die wunderbarste Vorhalle des Himmels? Beim Anblick dieser Räume, dieser riesenhaften Pfeiler, dieser gehauenen Steine, dieser von der Vergangenheit erzählenden Glasmalereien, dieses das Gotteshaus erfüllenden geheimnißvollen Lichtes, bemächtigt sich Ihrer ein unerklärliches Gefühl. Die Materie wurde gewissermaßen vergeistigt. Von der Orgel bis zum Gewölbe, von den Kreuzbogen des Gewölbes bis zum Tabernakel weht der Hauch einer höchsten Macht, die Sie der Erde entrückt, in die Regionen des Unendlichen fortreißt und Ihnen von Jesus Christus, dem Haupte der Menschheit, spricht, in welchem Alle enthalten sind. Man könnte meinen, nicht Hände, sondern Gedanken haben diese Mauern errichtet und Herzen sie gekittet. Man könnte meinen, diese Steine hätten sich bei dem Glaubenswehen eines ganzen Volkes belebt und bei dem Gesange hl. Lieder sich von selbst verbunden."

Noch nie hatte der Redner so schön, so beredt und so voll Liebe zum Vaterland geschienen.

Eine unbeschreibliche Rührung bemächtigte sich der Versammlung, als er mit bewegter Stimme fortfuhr:

„Wir wollten unsern Antheil an Luft und Sonne haben. Unsern Anstrengungen allein verdanken wir das große Werk, Sie werden es in Ehren halten.

Wenn je die Verfolgung über uns hereinbräche, wenn neue Bedrückungen uns berauben wollten; wenn ungerechte Angriffe uns von dem gemeinsamen Recht ausschließen, erneute Unduldsamkeit versuchen wollte diesen Mauern das kleinste Stück abzubrechen, diesen Säulen Sandkorngroß etwas zu nehmen, so bedenken Sie, daß dies Sandkorn nicht zur Erde fallen wird, ohne gegen ihre Stirn zurückzuprallen, um sie zu brandmarken, und zum Freiheitsbanner, um es zu beschimpfen. Sie werden die Ehre Genfs befleckt haben und die Freiheit wird unter Ihren Schlägen besiegt und entehrt am Boden liegen."

Ein geheimnißvoller Schauer überflog die Anwesenden. Er war im Begriff, sich in Beifallsbezeugungen kund zu geben, was jedoch der Redner verhinderte, indem er hinzufügte:

Meine Worte finden in Ihrem Herzen Wiederhall. Ich bin gerührt über Ihren so sympathisch ausgesprochenen Dank: Er beweist mir, daß ich dies Denkmal der Obhut von Männern anvertrauen kann, die das Herz auf dem rechten Fleck haben, und ich hoffe, daß es in Genf stets solche Männer geben wird.

Von da an war kein Festtag, den der Rector von Notre Dame durch seine herrlichen Stegreifreden nicht erhöht hätte.

Am Tage der Eröffnung der Eisenbahnlinie, die Genf mit Frankreich verbindet, hatte man das protestantische Consistorium und den katholischen General-Vicar um Abhaltung eines Dankgottesdienstes gebeten. Nirgends konnte das Te Deum besser als in Notre Dame gesungen werden. Als der Gottesdienst begann, war bereits die Kirche überfüllt. Angesichts einer solchen Menge, wo sich Protestanten mit Katholiken mischten, durfte Abbe Mermillod nicht schweigen. Er bestieg die Kanzel und zeigte in kurzen Zügen, daß die Kirche dem Fortschritte niemals feindlich sei, weder in Bezug auf Industrie noch auf Kunst. Sie verlange nur, daß er moralisch, daß er christlich sei. Sie sieht den Fortschritt als eine Vereinigung der Geister in der Wahrheit, als den Frieden des Herzens in der Liebe. Dies die Brüderlichkeit in Jesus Christus.

„Die Kirche, setzte er hinzu, liebt Alles, was die Völker untereinander verbindet; die Anstrengungen vergangener Zeiten eine materielle Einheit herzustellen, waren nichts anderes als die Vorläufer moralischer Verbindungen. Deßhalb segnet die Kirche diese flammenden Waggons, diese Feuerboten, die überall=

hin die materielle Civilisation tragen werden, aber auch die Ueberbringer der Missionäre sind, die die Schranken durchbrechen und bewirken, daß die Wahrheit auf der ganzen Welt verbreitet, daß sie somit katholische Wahrheit werde.

Man fühlt sich beunruhigt, schloß der Redner, daß die Kirche so nahe dem Bahnhofe; wir werden das Vorüberbrausen des Zuges vernehmen. Um so besser, die Seele wird in der Nähe des Denkmals der Industrie wenigstens eine Zuflucht finden. Und wenn das Pfeifen der Locomotive das Zeichen zur Abfahrt gibt, werden wir zu Füßen der Altäre erinnert, für unsere reisenden Brüder zu beten; wir bitten Gott, sie vor den Gefahren einer Explosion zu schützen und ihnen eine glückliche Heimkehr zu verleihen. Wenn der Reisende neben dem Schienenwege den schlanken Thurm von Notre Dame erblickt, wird er begreifen, daß man die Erde nur durchwandern soll, um in den Himmel zu gehen."

Niemand konnte mehr als Abbe Mermillod das Vortheilhafte der Eisenbahnen für kurze Ausflüge schätzen, die es ihm möglich machten, seinen pfarramtlichen Geschäften vollständig vorzustehen und vierundzwanzig Stunden später hundert Stunden von Genf entfernt zu predigen. So reiste er, die Kanzel verlassend, Anfangs September 1857 nach Köln zur Generalversammlung der katholischen Vereine in Deutschland. Diese erhabenen Versammlungen, wo Glaubensmänner ihren Eifer belebten, sich gegenseitig belehrten und ermunterten, übten stets mächtigen Eindruck auf seine Seele. Die Versammlung in Köln war von vorzüglich hohem christlichem Geiste, von wahrhaft echter Wissenschaft beseelt, so daß Hr. Abbe Mermillod, zu Hause angekommen, bekannte, nach dem Feste der unbefleckten Empfängniß in Rom habe seinem Geiste nichts so große Freude bereitet, als diese Versammlung.

„Es gibt Stunden im Leben, schrieb er, wo das Glück, katholisch zu sein, mit solcher Macht empfunden wird, daß es wie der Vorgeschmack der Gemeinschaft der Heiligen in den himmlischen Wohnstätten ist; mitten durch die Schranken der Natur, durch die verschiedensten Lebensverhältnisse, durch alle Schattirungen des menschlichen Gedankens, wird ein einziger Ausruf von tausend Zungen, aber aus einem einzigen Herzen laut: Ich glaube an die hl. katholische Kirche. Die Einigkeit der Geister, das Gut, das nur allein die Kirche, sobald sie sich sichtbar und lebendig zu bethätigen vermag, verwirklichen kann, hat stets das Vorrecht, dieselben zu erregen."

Der Name des Hrn. Abbe Mermillod war bereits in Deutschland bekannt. Obgleich nicht als Redner eingetragen, lud ihn dennoch der Präsident des Comités, Hr. Broix ein, die Rednerbühne zu besteigen. „Ich nehme, sagte er, die gefährliche Ehre an, und nachdem er der ehrwürdigen Versammlung gedankt, im Jahre 1847 eine Adresse an den damals in Chillon gefangenen Msgr. Marilley gesendet zu haben, fragte er sich, ob es nicht gut sei, internationale Congresse zu berufen und ihre Vortheile zu entwickeln.

„Niemand hat mehr Ursache als wir, sagte er, die modernen socialen Kräfte, die Eisenbahnen zu benützen, um die Ankunft des Reiches Christi vorzubereiten, des Reiches, wo eine Heerde und ein Hirt sein wird." Mit mehreren Männern, die Herr Abbe Mermillod in Köln traf, blieb er für katholische Werke in dauernder Verbindung, von Andlaw, der Freund des muthigen und berühmten Erzbischofs Vicari, Hr. August Reichensperger, der tapfere Vertheidiger des Katholicismus in der zweiten preußischen Kammer, der Domherr Himioben von Mainz, Hr. Walter, Professor in Bonn und Adam in Coblenz. Auch noch an einem andern Congreß, an dem Congreß in Mecheln, hat sich Hr. Abbe Mermillod betheiligt. Wir erwähnen es deßhalb, weil er daselbst nicht scheute, Angesichts der feurigsten Anhänger des Liberalismus die Vertheidigung des berühmten Redacteurs des Univers, Louis Veuillot, zu übernehmen, dessen Feuereifer ein allbekannter Redner einen Theil des Hasses zugeschrieben, der sich gegen die Kirche angehäuft.

„Darf ich bitten, meine Herren, rief Hr. Mermillod die Tribüne besteigend aus, bewerfen Sie die Stirne des schweißbedeckten Kämpfers nicht mit Koth."

Es war in der That der Augenblick, wo Veuillot für die Befreiung Roms und des Papstthums kämpfte.

Niemand hat mehr als Abbe Mermillod unter den traurigen Zwisten ehrenwerther Männer gelitten, die, nachdem sie unter der gleichen Fahne gekämpft, mit Feindschaft endigten. Da er zahlreiche Freunde im Lager der Liberalen, wie in jenem der Ultramontanen zählte, versuchte er wiederholt, sie zu vereinigen. Wenn ihm dies auch nicht gelungen, hat er doch zu verschiedenen Malen ihre Leidenschaft gedämpft.

Wir sind jetzt zu einer merkwürdigen Episode seines Lebens gelangt, wo Pius IX. ihm sichtbare Beweise seines Wohlwollens gegeben.

Jedes Jahr berief die in Rom gegründete, um den hl. Ludwig geschaarte französische Colonie für die Adventszeit einen Prediger. Diesmal wandte sich dieselbe durch Vermittelung des Msgr. Leue an Hrn. Abbe Mermillod, der dem Glücke, die Gräber der Apostel= fürsten noch einmal besuchen zu dürfen, nicht zu widerstehen vermochte.

Er reiste am 7. November 1859 ab betraut mit einer Adresse des Clerus vom Kanton Genf an den hl. Vater. In Genua begrüßte er den ehrwürdigen Erzbischof Msgr. Charvaz, der sich ihm stets sehr wohlwollend gezeigt. Am andern Tage schiffte er sich ein und langte am 18. in Rom an.

Sein erster Gedanke war, den päpstlichen Segen zu erbitten für das Werk, das er unternommen. Als Pius IX. ihn er= blickte, rief er aus: Ecco il mio rettore, ecco il mio oratore.

Nach herkömmlichem Ceremoniel warf sich der Abbe dem Papste zu Füßen und wollte so verbleiben. Dieser nahm ihn jedoch bei der Hand, bot ihm einen Sitz an und sagte zu ihm:

„Ich will mit dir sprechen."

Vor Allem überreichte Hr. Abbe Mermillod die Adresse, deren Ueberbringer er war.

Der Papst las sie und sagte, daß er sie beantworten werde. Auch eine schöne Photographie von Notre Dame lag der Adresse bei, die Hr. Mermillod Pius IX. überreichte; das thurmlose Ge= bäude erblickend, sagte der hl. Vater:

„Man muß den Glockenbau vollenden, er ist ein Finger, der den Einwohnern von Genf den Himmel zeigen wird."

„Heiligster Vater, antwortete der Rector von Notre Dame, es ist schon ein Wunder der Vorsehung, daß wir das Uebrige erreicht haben. Es bedurfte Ihres Beispiels und Ihres Segens, um im Laufe der zehn Jahre, wo Krieg und Revolution auf einander folgten, ein so wichtiges Werk zu vollenden."

„Ich wünschte Euch Etwas zu geben, antwortete der Papst, wollt Ihr ein Gemälde?"

Der Hr. Abbe bemerkte dem Papste, daß der Styl der Kirche diese Art Ausschmückung nicht erlaube.

„Dann einen Kelch?"

„Wir haben hl. Vater, mehrere sehr schöne erhalten; wenn es erlaubt ist, einen Wunsch auszusprechen, bitten wir um eine Statue."

„Ach, sagte lächelnd Pius IX., die Statuen sind theuer und ich bin arm. Du weißt, daß man mir meine Romagna genommen......, doch wollen wir sehen, ich werde es nicht vergessen."

Abbe Mermillod hatte seine Adventspredigten geschlossen. Sie waren nicht nur von den in Rom garnisonirenden französischen Officieren, sondern auch von der Elite der römischen Gesellschaft und von zahlreichen in Rom weilenden Fremden besucht.

Bevor Hr. Abbe Mermillod die hl. Stadt verließ, bat er um eine zweite Audienz. Der Papst gewährte sie ihm am 28. Dezember. Er hatte so eben den berüchtigten Brief, der Papst und der Congreß erhalten, der das dem Papstthum bereitete Schicksal bereits ahnen ließ. Seine betrübte und zugleich heitere Seele, erzählt Hr. Abbe Mermillod, offenbarte ihren Kummer und ihre Festigkeit. Sich bis zum Geringsten seiner Kinder herablassend, sagte er zu mir: „Es ist in der That ein Streich auf die eine Wange, während man die andere küßt. Wie ist Angesichts solcher Broschüren ein Congreß möglich? Bei diesem Areopag bedürfte es des hl. Paulus, der den unbekannten Gott predigte."

„Heiligster Vater, rief ich aus, Sie sind Petrus und Paulus zugleich, sagen Sie ihnen, die Bitte an Gott zu richten: Domine fac ut videant."

„Mein Sohn, antwortete er: Oculos habent et non videbunt. Ach, wenn ich Petrus wäre und die Macht hätte, Jene zu tödten, die mich belügen, wie Petrus mit Sapphira und Ananias gethan, würde ein Leichenfeld von Herrschern und Diplomaten mich umgeben."

Darauf kam der Papst auf Genf zurück. Er schloß, indem er sagte, etwas gefunden zu haben, was Notre Dame bedürfe.

„Ich besitze, sagte er, in meiner Privatbibliothek eine Statue, vor welcher ich seit der Verkündigung der unbefleckten

Empfängniß jeden Tag mein Gebet verrichte. Sie ist mir besonders theuer, aber ich will durch sie Besitz von Genf nehmen."

Gerührt über die großmüthige Vergünstigung, rief der Hr. Abbe: „Heiliger Vater, segnen Sie sie doch".

„O, sagte Pius IX., ich habe sie schon oft gesegnet und sie hat auch mich oft gesegnet." Es war ein aus den Ateliers Forzani, einer der besten Schüler von Tenetani, hervorgegangenes Kunstwerk, das die römischen Künstler dem hl. Vater bei Gelegenheit der Verkündigung des Dogmas überreicht hatten. Es war ein prächtiges Geschenk, das ganz geeignet war, den Neid anderer, nach Rom gekommener großer Persönlichkeiten zu erregen.

Indem der Papst Hrn. Abbe Mermillod verabschiedete, sagte er zu ihm, er werde bei Msgr. Merode die Antwort auf die Adresse des Clerus und einen Ehrentitel für den Pfarrer finden, der sich um den Bau der Kirche Notre Dame in Genf so verdient gemacht.

In der That brachte man mit den bei der Tafel des Kriegsministers zum Dessert aufgetragenen Früchten sowohl die Antwort des Papstes als die Ernennung des Hrn. Dunoyer, Generalvicar und Pfarrer von Genf, zum päpstlichen Ehrenkämmerer.

Am ersten Tag des Jahres 1860 wurde Hr. Abbe Mermillod aufgefordert, in der Kirche vom hl. Ludwig zur französischen Garnison zu sprechen. Zum Text wählte er die am Morgen von General Goyon selbst an den hl. Vater gerichteten Worte: Die französische Armee in Garnison zu Rom befinde't sich auf dem Ehrenfelde des Katholicismus.

Seine Rede war so taktvoll, daß der Höchstkommandirende den Hr. Abbe beglückwünschte, während er ihm erklärte, eher seinen Degen zerbrechen zu wollen, als sich zum Mitschuldigen eines die Rechte des hl. Vaters bedrohenden Aktes zu machen.

Rom verlassend, begab sich Herr Mermillod nach Florenz, wo er Msgr. Vialu mehrere wichtige, ihm anvertraute Papiere überbrachte. Gerne hätte er sich nach Loretto begeben, um in der Santa Casa zu beten, er eilte jedoch nach Genf, wo seine Pfarrei ihn erwartete.

Seine Ankunft daselbst am 18. war ein allgemeines Fest. Jedermann war begierig, ihn von Rom und dem Papste in dem

Augenblick sprechen zu hören, wo die Mächtigen der Erde sich gegen das Papstthum verschworen.

Sonntag den 22. verkündigte er, daß mit besonderer Erlaubniß des Papstes am 29., Fest des hl. Franz von Sales, der päpstliche Segen in sämmtlichen Kirchen des Cantons ertheilt werde. Selbst zu sehr von den Erinnerungen an die ewige Stadt erfüllt, ergoß er gerne seine übervolle Seele. Die Frage Roms offen mit der Liebe eines Sohnes besprechend, scheute er sich nicht, von den verkannten und so bald vergessenen Versprechungen zu reden, die man dem Papste gemacht. Bereits schon eine Stunde hatte er die Aufmerksamkeit der an seinen Lippen hängenden Zuhörerschaft gefesselt, ohne seinen Stoff erschöpft zu haben. Jetzt lud er die Gläubigen ein, sich am Feste des hl. Franziskus einzufinden, um den päpstlichen Segen zu empfangen, er werde dann über seinen Gegenstand zu sprechen fortfahren.

Manche werden, fügte er noch hinzu, des Segens eines Greises spotten; auch 1810 hat man der Excommunication gespottet. Napoleon, genannt der Große, schmeichelte sich, dieselbe werde den Händen seiner Soldaten die Waffen nicht entfallen lassen und Gott ließ sie ihnen auf dem Wege nach Moskau dennoch entfallen. Wenn der Fluch solches bewirkt, was dürfen wir in unsern Tagen nicht vom Segen erwarten... Ein Mitglied der französischen Gesandtschaft fand den Ausdruck etwas scharf und machte dem Hrn. Abbé bemerklich, daß zum Ausbau seiner Kirche er vielleicht eines Tages Frankreichs Hilfe bedürfen könnte.

Mit Lebhaftigkeit erwiderte jedoch dieser: „Lieber will ich die Kirche Stein um Stein zerstören sehen, als den Papst in seinen Rechten verrathen und verkannt."

Am Feste des hl. Franz von Sales erfüllte Abbé Mermillod sein Versprechen. Die römische Frage wieder aufnehmend, widerlegte er alle, gegen die römische Regierung angehäuften Verleumbungen. Auch scheute er nicht, in Bezug auf wissenschaftliche Anstalten und solche christlicher Charitas u. s. w. Vergleiche anzustellen zwischen dem katholischen und dem protestantischen Rom. Indem er die Vorzüge des ersten zeigte, bewies er zugleich, wo wahrhaft geistige, wahre Kunst zu finden. Er sprach vom Volksunterricht, von den Schulen, die er besucht, von dem Zustand der Gefängnisse. Auf Pius IX. zurückkommend, schilderte er dessen heitere Ruhe.

Dies war die beste Vorbereitung auf den päpstlichen Segen, vor welchem sich jedes Haupt in tiefster Ehrfurcht neigte. Am 5. Februar hatte Notre Dame abermals ein festliches Aussehen. Die Gläubigen füllten selbst die entlegensten Kapellen. Es handelte sich um Einweihung der von Pius IX. geschenkten Statue.

Beim Magnificat bestieg Hr. Abbé Mermillod die Kanzel und gelegentlich des kostbaren Geschenkes sprach er wiederholt vom Papste.

Er wählte zum Text die Worte des Isaias: Attendite ad Abraham patrem vestrum et Saram, quae peperit vos, und zeigte in Pius IX. den Vater der Gläubigen, den Vertheidiger der höchsten Güter, des Glaubens an Jesus Christus, der Gewissensfreiheit und des Rechtes. In Sara fand er die hl. Jungfrau wieder, die, seit der Errichtung des Denkmals zu ihrer Verherrlichung Unsere Frau von Genf geworden war; dabei hört sie nicht auf, die schützende Mutter der Kirche zu sein, die vor Kurzem nur deßhalb die unbefleckte Empfängniß deutlicher ausgesprochen, um der Gottheit Jesu Christi eine glänzendere Huldigung darzubringen.

Das Fest wurde gekrönt durch Einsegnung der Statue und durch Widmung des Kantons Genf an die heiligste Jungfrau.

Die der Feier beigewohnt, haben ihr stets ein liebliches Andenken bewahrt.

Tags nach Einweihung der Statue der hl. Jungfrau reiste Hr. Abbé Mermillod nach Luzern, um mit Msgr. Bowieri verschiedene obschwebende Fragen zu berathen.

Als die an den stillen Ufern des Züricher Sees sich aufhaltende Frau Herzogin von Parma seine Anwesenheit erfuhr, ließ sie ihn bitten, ihrem ganzen Hause Exercitien zu halten.

Da er denen, die ihn um Worte des Lebens baten, niemals etwas abschlagen konnte, folgte er der Einladung der Tochter Frankreichs und hielt während vier Tage der edlen Dame und ihrer Umgebung geistliche Exercitien. Entzückt schrieb sie einer den Bourbonen stets treu gebliebenen Familie in Genf: „Hr. Abbé Mermillod hat uns Allen Gutes erwiesen, er hat mein ganzes Haus bekehrt."

Nach Genf zurückgekehrt, führte der unermüdliche Apostel den Vorsitz in der Generalversammlung der Vereine des hl. Vincenz von Paul. Nachdem er die verschiedenen Berichte gelesen, nahm er das Wort und erbaute die zahlreichen Zuhörer durch Erzählung der Wunderwerke christlicher, katholischer Charitas. An den erst vor Kurzem vollendeten Bau der Kirche von Notre Dame anknüpfend, lud er die jungen Leute des Quartier Saint-Gervais ein, sich um das Banner der Charitas zu schaaren. Am folgenden Freitag bereits regelte er in seinem Salon den projectirten Zweigverein, der sich stets erweiterte und dürftigen Familien ungemein viel Gutes that.

Hr. Abbé Mermillod hatte sich die ersten Fastenpredigten vorbehalten, die in der Kirche Notre Dame gehalten wurden. Thema war die Kirche. In der ersten Predigt zeigte er sie als die Hüterin der Wahrheit. Nachdem er den Begriff Wahrheit definirt und ihren Charakter beleuchtet, zeigte er aus der Geschichte, daß die Kirche die Wahrheit stets geschützt habe gegen Veränderung, Ausschweifung und Uebertreibung. In der zweiten Predigt hatten die Männer allein das weite Schiff der Kirche und den Chor angefüllt. Damals wurde die hl. Kirche als Hüterin des Wortes Gottes geschildert, ein Gegenstand von höchstem Interesse in Genf, wo man nur von der Bibel wissen will. Hr. Abbé Mermillod war wahrhaft erhaben, wenn er von der Ehrfurcht sprach, welche die Kirche der Heiligkeit des Wortes Gottes zollt. Sie allein hat es unverletzt erhalten, ohne ein Blatt davon zu entfernen, ohne ein Jota daran zu ändern. Sie allein hat das Recht, es in seinem wahren Sinn auszulegen.

Ganz in seinen Gegenstand vertieft, schien es, als ob Hr. Abbé Mermillod nur an seine Conferenzen von Genf denke. Während der Fastenzeit 1862 zeigte er sich jedoch als der Mann, fähig, zu gleicher Zeit die verschiedenartigsten Arbeiten zu übernehmen. Als dem ehrwürdigen Hrn. Greffier, Pfarrer von Carouge, ein Prediger fehlte, wandte derselbe sich bittend an den Herrn Abbé Mermillod, der ihm versprach, wöchentlich zweimal in der Kirche zu predigen, wo er getauft worden. Er hielt Wort. Jeden Dienstag und Donnerstag sprach er von der Kanzel herab von Jesus Christus, dem Licht der Welt. Er behandelte den Sündenfall, die Wiederherstellung durch die Herrschaft Jesu Christi über Leben und Tod, über die Geister und Herzen, endlich das Reich Gottes in der ewigen Gerechtigkeit.

Die Verschiedenheit der Gegenstände riß indeß den Faden

seiner Gedanken für Genf nicht ab, wo er eine ganz andere Ideenreihe verfolgte.

Die vierte Predigt handelte von der Kirche als Verkünderin der Gottheit U. H. I. Chr. und Vertheidigerin derselben gegen die Irrlehren aller Jahrhunderte.

Beim Herabsteigen von der Kanzel erhielt Hr. Abbe Mermillod ein Schreiben des hochwürdigsten Hrn. Erzbischof von Chambery, der ihn zu sprechen wünschte. Unmittelbar darauf begab er sich zu dem ehrwürdigen Greise, der ihm in seiner Jugend so lebhafte Theilnahme erwiesen.

Worüber besprachen sie sich? Wir können es nicht sagen. Es war übrigens der Augenblick der Annexion Savoyens durch Frankreich und Alles drängt uns zu glauben, der hochw. Hr. Erzbischof habe den Hrn. Abbe Mermillod von den Schritten des savoyischen Clerus hinsichtlich des Wunsches einiger Einwohner der Provinzen Faucigny und Chablais benachrichtigen wollen, die in den schweizerischen Verband aufgenommen zu werden baten.

Am folgenden Tag predigte Hr. Abbe Mermillod in Carouge. Die damals die Gemüther am mächtigsten bewegende Frage war eben die Savoyen so geschickt unterbreitete, über ihr ganzes künftiges Schicksal entscheidende Abstimmung.

Kaiser Napoleon hatte Versprechungen gemacht. Das günstige Resultat der Abstimmung sollte ihm die Möglichkeit verschaffen, sie zu lösen.

Als Hr. Abbe Mermillod die den Anschluß des Faucigny an die Schweiz am eifrigsten betreibenden Männer sah, konnte er sich nicht enthalten, zu sagen: Ich fürchte, die Bewegung wird einen antireligiösen, einen protestantischen Charakter annehmen.

In der That, die hauptsächlichsten Anstifter waren Katholiken, die heute der Kirche den Krieg erklärt haben.

Am 25. hielt Hr. Abbe Mermillod seine fünfte Predigt über die Kirche, die Braut und Mutter Jesu Christi; seine Braut, indem sie ihm in den sowohl thätigen als beschaulichen Orden edle Hingebung verschafft, Mutter, indem sie in der Eucharistie Jesus Christus seinen Kindern gibt.

Die Charwoche nahm die Thätigkeit des Hrn. Abbe Mermillod in besonderer Weise in Anspruch. Er verdoppelte sich so zu sagen und setzte seine Conferenzen in Carouge und Genf ununterbrochen fort. Die Worte des Herrn am Kreuze erweckten am Charfreitag erhabene und tiefe Gedanken in ihm über den Durst nach Seelen.

Der König von Bayern befand sich damals auf der Durchreise in Genf. Er wünschte, Hrn. Abbé Mermillod predigen zu hören. Dieser sprach vom Frieden, wobei er auf die gegenwärtigen Verhältnisse anspielte und denen ein ernstes Mahnwort zurief, in deren Händen das Schicksal der Nationen liegt, namentlich, wenn es sich darum handelt, über Krieg oder Frieden zu entscheiden.

Ergriffen von der ungeheuern Verantwortlichkeit, die auf den Schultern der Fürsten ruht, beschied König Ludwig Hrn. Abbé Mermillod zu einer Unterredung zu sich.

Dieser beeilte sich, sich im Absteigquartier Sr. Majestät einzufinden. Nachdem die ersten Höflichkeitsbezeichnungen vorüber, sagte der König zu ihm: „So oft ich Sie sehe, geben Sie mir Stoff zum Nachdenken." Er befragte Hrn. Abbé Mermillod, wie die bestmöglichen Beziehungen zwischen Kirche und Staat herzustellen seien und welcher Antheil dem religiösen Unterricht an den öffentlichen Anstalten gebühre.

Die Unterredungen häuften sich, und ehe König Ludwig Genf verließ, hatte er seine religiösen Angelegenheiten geordnet.

Als Beweis hoher Befriedigung versprach der König dem Hrn. Abbé Mermillod einen Kunstgegenstand zum Geschenke. Dieser hoffte für die Kirche Notre Dame auf eine Glasmalerei aus den Münchener Ateliers. Es war jedoch ein ihm persönlich bestimmtes Geschenk. Im Empfangssalon des Msgr. von Hebron gewahrt man ein schönes Medaillon, ein Christuskopf in Lebensgröße, aus weißem Marmor; es ist ein Andenken an den Aufenthalt des Königs von Bayern in Genf und dessen Beziehungen zu Hrn. Abbé Mermillod.

Anfang 1862 entriß der Tod einen jungen Priester von Carouge, Vicar von Notre Dame [1]).

Dieser Tod verwundete seine Seele schmerzlich. Er hatte ihn wie einen Freund, wie einen Bruder geliebt. Auch war er noch zur entscheidenden Stunde gekommen.

„Es ist traurig, sagte er zu dem heimgehenden Priester, in diesem Augenblick die Arbeiter für die Wahrheit scheiden zu sehen; aber wir trösten uns, denn Sie heißen Franz und wer-

---

[1]) Der Abbé Francois Bechard, gestorben im Alter von 32 Jahren.

den sich mit Franz von Sales und Franz von Vuarin vereinigen.

„Sie werden mit diesen beten und den Herrn um den Triumph Jesu Christi und um die Rückkehr Ihres geliebten Vaterlandes zur Einheit des Glaubens bitten".

Man kann sagen, daß die Jugend des Hrn. Abbe Mermillod vorzugsweise und beständig von dem Gedanken an die Bekehrung Genf's erfüllt war. Seine große Herzensgüte und sein lebhafter Glaube ließen ihn lange von dieser Hoffnung getäuscht werden.

Er glaubte, es sei ihm verliehen, eines Tages die Dissidenten in den Schafstall zurückkehren zu sehen. Diese süße, beständig genährte Hoffnung wurzelte bei ihm in der so innigen Liebe zur Kirche.

Man hat auswärts die Zahl der in Genf Bekehrten oft übertrieben. Hoffen wir indeß, daß eines Tages die Gnade ihr Werk vollenden werde. Hr. Abbe Mermillod war übrigens in der That so glücklich, mehrere auserlesene Seelen in Paris, Nizza oder in Genf, denen er das Licht der Wahrheit leuchten ließ, in den Schooß der Kirche zurückzuführen. Die Namen derselben anzugeben, hieße das Geheimniß des Gewissens verrathen; indeß beherrschen hier mehr als irgend sonstwo die Vorurtheile die Geister und ist der Haß gegen den Katholicismus erblich. Beschränken wir uns deßhalb auf die Bemerkung, daß es in Genf so redliche Seelen gibt, die den Predigten des Hrn. Abbe Mermillod, wenn nicht den Glauben, doch wenigstens die Bewunderung des katholischen Glaubens verdanken.

Hoffen wir, daß eines Tages die Gnade ihr Werk vollbringen werde; die Stunde unserer Bekehrung ist noch nicht gekommen, wie für England.

Einige Zeit, nachdem Abbe Mermillod dem Freunde die Augen geschlossen, begab er sich nach Paris, um dort in der Kirche St. Clothilde die Fastenpredigten zu halten.

Es war dies eine seiner glänzendsten Aufgaben.

Bei der Stimme dieses eifrigen Sammlers von Seelen für den Himmel, sagt H. Heinrich von Vaussay, den Eugen von Mirecourt den ernsten aber schnell begeisterten Biographen nennt, lief Alles herbei, was die große, gewöhnlich so ausschweifende, so spöttische und zerstreute Stadt an hervorragenden Intelligenzen und berühmten Namen besaß; jeder Tag fand ein zahlreicheres, dichtgedrängteres Auditorium."

Hier wenigstens glauben wir nicht an eine Uebertreibung, denn Hr. Laurentin, Redacteur des Univers, bestättigt in seiner Nummer vom 20. April die Bewegung der Pariser durch die Predigten des Abbe Mermillod und sagt: „Sie sind nicht das unbedeutendste Ereigniß unserer heutigen Geschichte."

„Die Stimme des Hrn. Abbe Mermillod, sagte er, erschüttert die Seelen bis in's Innerste; seine Beredsamkeit ist neu, frei und voll Bilder. Er hat Worte für den Verstand und für das Herz. Bald ertheilt er zärtlichen Rath, bald tadelt er unerbittlich. Während er zu allen Ständen spricht, beherrscht und rührt er doch namentlich die vom Schicksal Begünstigten; er schmückt das Evangelium nicht aus, predigt dasselbe vielmehr in unverblümter Wahrheit. Es ist die Lieblichkeit des Glaubens selbst, durch welche er die Seelen gewinnt. Ist dies nicht eine durchaus ungewöhnliche Erscheinung?"

Wir besitzen über die Predigten in St. Clothilde auch noch ein anderes Zeugniß, jenes eines Mannes, der nicht Jedermann zu loben pflegt. Am 12. April schrieb Louis Veuillot, einem unserer Bekannten:

„Sie werden unsern Freund, Hrn. Abbe Mermillod, sehr ermüdet fühlen. Trotz seiner Bescheidenheit muß er sich doch wohl recht befriedigt finden, denn er hat unserm Babylon eine unermeßliche Wohlthat erwiesen. Seit lange hat Niemand die Wahrheit so ungeschmückt gesagt, als er, Niemand hätte sie aber auch mit solch' einem Erfolg sagen können, wie er. Er war der Apostel der Vorstädte St. Germain und St. Honoré. Wenn Sie die beiden berühmten Vorstädte von Paris kennen, werden Sie seine schöne Gabe und das Wunder seines glücklichen Erfolges ermessen können."

Nicht minder groß war der Erfolg seiner Predigten, die er am 22. Mai auf Verlangen des Lordmajors und des Hochwst. Hrn. Erzbischof von Dublin in derselben Kirche für Irland hielt.

Ein katholisches Volk, durch Hungersnoth decimirt und dennoch Jesus Christus treu geblieben, dies genügt ein Priesterherz zu rühren. Auch begann Abbe Mermillod seine Predigt mit den Worten:

„Mein Herz erzittert und meine Lippen beben, indem ich den gebenedeiten Namen des Herrn ausspreche. Vor wenigen Jahren habe ich Euch sein Reich verkündet, aber ich fühle mein Unvermögen, Euch dies Reich in einem Volke zu schildern, das ihn seit Jahrhunderten anerkennt, ohne sich jemals gegen ihn erhoben zu haben……"

Um seine Zuhörer für ein so sehr unglückliches Volk günstig zu stimmen, beschränkte sich Hr. Abbé Mermillod nicht darauf, dessen Elend zu schildern; er vertheidigte auch dessen Sache.

„Dies Volk sagte er, hat seinen Reichthum, seine Armuth, seine Bestimmung, seinen Glauben, seine Leiden und seine Sendung:

„Es ist als Volk Bekenner,
Als Volk Martyrer,
Als Volk Apostel."

Nachdem soeben der Armuth Irlands Erwähnung geschehen, schien es gewagt, das Wort Reichthum zu gebrauchen. Hr. Abbé Mermillod rechtfertigte es jedoch, indem er den Werth eines Menschen, eines Volkes zeigte, das seiner Sprache, seiner Geschichte, seinem nationalen Charakter und über alles dies seinem Glauben treu geblieben.

Hier erweiterte sich für ihn der Horizont. Nachdem er die Parallele gezogen zwischen einer reichen, im Materialismus versunkenen und einer in der Sitteneinfachheit des christlichen Glaubens verbliebenen Gesellschaft, rief er aus:

„Ich bewundere Eure glänzenden Erfindungen, Euren Sieg über Gold und Silber, über die Schale, die den Hanf umgibt, und endlich über das Gewebe selbst. Ich begrüße mit Euch diesen Ruhm und diesen Gewinn des menschlichen Geschlechtes. Aber hierin besteht nicht Alles: wenn ich Eure Erfolge anerkenne, so vergesset nicht, daß es Höheres gibt, erhabenere, wenn auch verborgenere Kräfte, übernatürliche Beweggründe, endlich die gewaltige Ewigkeit. —

Wenn Menschen vom göttlichen Geiste erleuchtet, ihre Herzen der Selbstverleugnung hingegeben sind, ihr Charakter sich nicht verächtlich machen will, wenn Alle die ernste aber ruhmwürdige Forderung des Opfers kennen, wenn die christlichen Ideen den Stoff des Blutes bilden, das die Adern einer Nation durchfließt, wenn Hingebung ihr innerstes Leben ist, sagt mir, ist Dies nicht ein großes Volk?"

„Was geschieht, setzt der Redner hinzu, vor unseren Augen? Ihr besaßet überströmenden Reichthum und am Allernothwendigsten littet Ihr Mangel. Hört Ihr nicht die allgemeinen Klagen und Seufzer der in beständigen Festen dahinlebenden Gesellschaft? Ist es nicht nach dem Ausdruck der hl. Schrift ein Fest über einem Grabe! .... Traurigkeit erfüllt Euch, Ihr seid niedergeschlagen, die Kälte ergreift Euch, und trotz des Blendwerks äußerer Wohlfahrt hat der Pauperismus sich der Seelen bemächtigt."

Im zweiten Theil seiner Rede faßte Hr. Abbe Mermillod die Leiden Irlands in jener Armuth zusammen, die überwältigt und tödtet: „Es hat den häuslichen Heerd verfallen sehen, die Familienbande gelöst und hat sein Vaterland verloren."

„Es sind die Rechte der Ehre und zuweilen des Gewissens gefährdet."

„Solches aber ertragen oder vom christlichen Glauben abfallen, ist dies nicht das Martyrthum?"

. Die Beschreibung solcher Leiden hatte auf die Zuhörer einen tiefen Eindruck gemacht. Jedermann weinte.

„Während ich zu Euch rede, erdrückt das Elend jenseits des Oceans nahe an achtzig tausend Menschen, Eure und meine Brüder, und nöthigt sie, um dem Tode zu entgehen, die Hände nach Euch auszustrecken."

Darauf zählte er mit Hilfe zuverlässiger Beweisschriften die Verheerungen auf, die der Hunger unter diesem Volke angerichtet, das, um dem Tode zu entrinnen, von Seeschilf sich nährt.

Es würde uns zu weit führen, dieser denkwürdigen Rede in's Einzelne zu folgen. — Wir wollen nur einige schöne, die Anhänglichkeit des Irländers an seine Hütte und an seine Heimath schildernde Stellen hervorheben.

Wenige Worte werden genügen, uns ein Bild von derselben zu geben.

„Das grüne Erin lebt im tiefsten Grunde aller seiner Gedanken, seiner innersten Erregung, seiner Feste und alles seines Wehes. Das Bild seiner Heimath strahlt ihm um so glänzender entgegen und um so erhabener, als es eine ruhmvolle Vergangenheit und zugleich den Strahlenkranz jeder Art von Leiden zeigt. Diese Vaterlandsliebe ist mehr als Idee, sie ist die Luft, in welcher der junge Irländer aufwächst; bei der Arbeit, in seinem Jammer, in der Wohnung des Reichen und in der Hütte des Armen, stets und überall ertönen die Nationallieder. „Irland, soll ich deiner gedenken? Ach, so lange das Leben dieses Herz bewegen wird, werde ich dich nicht vergessen, so verlassen du auch seist."

„Wärest du selbst, wie ich dich wünsche, groß, mächtig und frei, die schönste Blume der Erde und die kostbarste Perle des Oceans, könnte ich dich wohl stolzer und freudiger begrüßen, aber könnte ich dich wohl mehr lieben?

„Nein, die Ketten, die dich fesseln, und das Blut, das du vergießest, machen dich uns nur um so theurer und deine Kinder trinken, wie der junge Pelikan der Wüste, aus jedem Tropfen Blut, der deinem Herzen entquillt, die Liebe zu dir."[1]

Herr Abbé Mermillod hatte sich, indem er von seinen Zuhörern die lebendigste Theilnahme für Irland forderte, vorgenommen, „den Leidenskelch des armen Landes mit dem Wohlgeruch christlicher Mildthätigkeit anzufüllen."

Er sah sich nicht getäuscht, denn eine sehr ergiebige Sammlung krönte den Erfolg seiner Rede. Die Begüterten gaben reichlich: Ringe, Armbänder, wurden den Sammlern übergeben.

Die Arbeiter, die Armen beraubten sich des Wenigen, das sie besaßen.

Ein Knabe aus dem Volke schenkte seine Uhr, indem er sagte: „Es ist unnöthig zu wissen, wie viel Uhr es ist, während ein ganzes Volk Hunger stirbt!"

Der Lord-Major von Dublin glaubte die Verdienste des Hrn. Abbé Mermillod seinerseits nicht besser anerkennen zu können, als indem er ihm im Namen der Stadt Dublin eine Dankadresse und das Ehrenbürgerrecht überreichte.

Nach allem Diesem dürfen wir uns nicht wundern, daß Abbé Mermillod von so vielen Bischöfen Frankreichs eingeladen wurde, Fastenpredigten über die Werke christlicher Barmherzigkeit, Grabreden und Exercitien für Geistliche zu halten.

Wir finden ihn in rascher Aufeinanderfolge in Lyon, in Poitiers, in Paris, in Tours, in Amiens, in Toulouse und in Nantes, überall die besten Erfolge für die Dinge erzielen, die er vertrat.

---

[1] Irländisches Nationallied.

Da er i. J. 1863, so sehr er es auch wünschte, dennoch nicht allen Anforderungen entsprechen konnte, theilte er seine Zeit ein und widmete sie Exercitien, in denen der Unterricht sich zu häufen und zu drängen pflegt. Am zweiten Fastensonntag hielt er den Damen in Lyon Conferenzen über den Gebrauch, den die Frau unserer Tage von der Zeit machen soll.

Die vorzüglichsten Gedanken dieser Conferenzen hat ein Stenograph gesammelt; sie sind unter dem Titel: „**Kenntniß und Leitung des Lebens**" in Druck erschienen. Es sind vertrauliche Besprechungen, voll sprühenden Geistes, durchwebt von Erzählungen, Zügen und Anekdoten, die seine Lehren besser hervorspringen lassen.

Der Cardinal von Bonald sagte, als er den Druck des Buches gestattete:

„Die Conferenzen, die in diesem Buche enthalten sind, entsprechen vollkommen den gesellschaftlichen Verhältnissen derjenigen, an die sie gerichtet sind. Die geistlichen Führer derselben werden darin Belehrung finden und geeignete Rathschläge, sie vor den Täuschungen der Welt zu warnen und gegen die Verführungen derselben zu schützen. Kaum könnte man den Gläubigen sicherere Anleitung geben, die Uebungen des christlichen Lebens mit den gesellschaftlichen Pflichten zu vereinigen."

Um uns ein Bild von dem Inhalte zu geben, genügt es, die behandelten Themate anzuführen.

Der Zustand der Seelen in unserer Zeit; das Leben des Herzens; das leichtsinnige Leben; das gesonderte Leben; das Familienleben; die Sendung der Frau in der Familie.

Zwei Jahre später ergänzte Hr. Abbé Mermillod diesen Gegenstand, indem er in Lyon abermals Conferenzen hielt, die vielleicht weniger glänzend als die ersten, jedoch nicht weniger reich an Belehrung waren. Sie bilden einen zweiten Band unter dem Titel: „**Von dem übernatürlichen Leben der Seele**."

Von Lyon begab sich Hr. Abbé Mermillod nach Besançon, wo er am vierten Fastensonntag predigte.

Die Kirche Notre Dame daselbst war zu klein, um alle Gläubigen, die ihn zu hören wünschten, zu fassen. Man stritt sich um die Plätze und mußte sich derselben schon mehrere Stunden vorher versichern. Auffallend war namentlich die Anwesenheit der Juden.

Der Hr. Abbé Besson, Superior des Colleg St. Franziskus, einer der gefeiertsten Redner Frankreichs, hat in der Union franc comtoise diesen Triumph bestättigt.

Es haben unter den Bürgern ernstliche Bekehrungen stattgefunden. Einer derselben, wir kennen ihn, hat aus Dankbarkeit jedes Jahr in Genf geistliche Uebungen wiederholt, um seinem Ananias zu danken und seinen Glaubenseifer zu beleben. Später starb er eines außerordentlich frommen Todes.

Obgleich von Genf fern, vergaß Hr. Abbé Mermillod doch dessen Bedürfnisse nicht. Am Charfreitag und am hl. Osterfest hat er in der Kirche Notre Dame über den Tod und die Auferstehung des Herrn gepredigt.

Nach den Osterfesttagen begab er sich nach Paris, um daselbst drei Vorträge über die christliche Charitas zu halten, einen für die Bulgaren, den zweiten für die Gesellschaft des hl. Franz von Sales, deren Aufgabe ist, die in vorzugsweise von Protestanten bewohnten Distrikten gelegenen Pfarreien und armen katholischen Schulen zu unterstützen, den dritten für die verwundeten Polen.

Da Hr. Abbé Mermillod in der Kirche St. Clothilde einen so glänzenden Erfolg für Irland errungen, vertrat er auch die Sache Polens daselbst. Die Aufgabe war schwierig, der Boden schlüpferig. Er wußte, daß neben der edlen Hingebung der Häupter der polnischen Emigration und der Anhänglichkeit an ihren Glauben eine Partei bestand, stets bereit sich in alle Abenteuer der Revolution zu stürzen, in der Hoffnung, aus diesen Bewegungen die Freiheit Polens hervorgehen zu sehen. Hr Abbé Mermillod erklärte, daß „vor Allem Priester, er nicht auf den Kampfplatz der zwischen Politik und Diplomatie entstandenen Parteiconflicte herabsteigen könne."

Hätte Hr. Abbé Mermillod als Sachwalter gesprochen, würde er Begeisterung erweckt haben; er zog es jedoch vor, den Boden des katholischen Missionärs nicht zu verlassen, indem er die Kirche als die Beschützerin der unterdrückten Nationalitäten zeigte.

Daher die große Lehre: „Vergesset nicht, o Polen, daß die Gottlosigkeit zuerst es war, die 1770 von der Theilung Eures Vaterlandes sprach. Voltaire schrieb dem Könige von Preußen (ich wiederhole die brutalen und unedlen Worte. Ihr werdet ihn daran erkennen) und sagte ihnen: „Greifet nach Polen und vergrößert Preußen." Man antwortete ihm: Was wird die Gerechtigkeit, was die Philosophie dazu sagen? Voltaire erwiderte: „In der Philosophie ist die runde Figur die vollkommenste." So ist denn Polen durch den Rath und unter dem cynischen Lächeln der Gottlosigkeit vernichtet worden.

Ihr dürft indeß nicht vergessen, daß in demselben Augenblick Clemens XIV. Eure Vertheidigung übernommen und daß schon vorher Frankreichs größte Männer, Bossuet und der hl. Vincenz von Paula, zu Gunsten Polens gesprochen.

Und wer hat in unsern Tagen Euch beschützt? Pius IX. Und wer hat vor Ihm Euch gesegnet? Gregor XVI., als er dem nordischen Herrscher eine Zusammenkunft anbot, und ihn vor den Richterstuhl Gottes rief und dort erwartete. „Wir sind Beide hoch bei Jahren, sagte er zu ihm, bald werden wir von unsern Handlungen Rechenschaft ablegen müssen."

Jetzt könnet Ihr, fuhr Hr. Abbé Mermillod fort, erkennen, wo Ihr Sympathien findet, in der Kirche oder bei der Gottlosigkeit."

Auch ergriff er die Gelegenheit, die Polen an ihre Pflichten zu erinnern. Er sagte zu ihnen:

„Der Glaube ist Eure erste Pflicht."

„Die zweite ist ein reines, edles, ein aufopferndes Leben; mißhandelt und über Europa zerstreut, seid Ihr einer Menge Gefahren ausgesetzt."

„Nachdem so die ganze Welt Euer Vaterland geworden, werden wissenschaftliche und Genüsse aller Art sich Euch bieten. Ich weiß nicht, welche verderbliche Reden Ihr hören werdet. Nehmet Euch indessen in Acht, das Vergnügen bringt den Völkern den Tod, das Opfer hingegen erhebt sie."

Graf Walewski begnügte sich nicht damit, dem Redner beim Herabsteigen von der Kanzel warm die Hand zu drücken, er schickte ihm später das herrliche, auf Kosten Frankreichs veröffentlichte Werk: Ueber die römischen Katakomben.

Von Paris begab sich Hr. Abbé Mermillod nach Orleans, wo er am 8. Mai die Jungfrau von Orleans in einer Rede verherrlichte.

Von nun an ist es uns unmöglich, Hrn. Abbé Mermillod auf den Schauplatz seiner verschiedenen Predigten zu folgen. Er wurde von den Bischöfen von Savoyen, Frankreich und der

Schweiz zu Priesterexercitien verlangt. In diesen theilte er seinen Mitbrüdern das hl. Feuer mit, das in seinem Herzen brannte, während er ihnen begreiflich machte, daß man heut zu Tage ein Weiser oder ein Heiliger, und besser ein Weiser und Heiliger zugleich sein müsse, um ein wenig Gutes in den Pfarreien wirken zu können.

So predigte er in Chambery, wo Se. Eminenz Cardinal Billiet den Conferenzen voll gesunder kirchlicher Lehre Beifall zollte.

In Freiburg berief er sich auf die Vorlesungen der Lehrer, denen er seine Bildung verdankte. Er flüchtete sich unter die Unterrichtsmethode des frühern Directors des Seminars, Msgr. Marilley selbst, der die geistlichen Uebungen leitete, wo er in zwei auf einander folgenden Exercitien, sowohl mit seinen Vorträgen als mit seinen Betrachtungen abwechselte.

Die Priester, die ihn im Seminar gekannt, staunen über seine Wissenschaft, sie sind wie erdrückt von der Fluth seiner Worte und vom Reichthum seiner Gedanken.

Während einer seiner geistlichen Uebungen hörten wir neben uns einen ehrwürdigen Decan sich eines Vergleiches bedienen, der seine Eindrücke wohl schildert.

„Es ist mir, sagte er, wenn ich Hrn. Abbe Mermillod höre, als sehe ich einen mit Früchten beladenen Apfelbaum, wie wir deren in fruchtbaren Jahren in unsern Bergen haben. Wenn man sie schüttelt, bedecken sie den Unbedachten, der sich nicht vorgesehen, gleich einem Hagel. Dies ist, was mir heute begegnet, ich bin wie vernichtet durch diese Fruchtbarkeit der Ideen und Worte."

Die greisen Priester priesen Gott und baten den jugendlichen Priester um seinen Rath.

Wir können indeß die Predigten in Deutschland nicht mit Stillschweigen übergehen.

Sein Ruf verbreitete sich bis nach Wien. Anfang 1864 wurde er dorthin berufen, wo er in der Kirche der Benedictiner, ehemals schottische Kirche, predigte. Seine Conferenzreden hat Hr. Professor Victor Duret unter dem Titel: „Herr Abbe Mermillod in Wien" in Druck herausgegeben. Sie behandelten die Statistik der Seelen und bezeichneten drei Classen von Menschen, die heut zu Tage die sociale Lage bilden, die Träumer, die Ver=

weichlichten und die Zerstörer. Die Träumer sind jene, die in der Politik, Philosophie und Religion suchen, ohne jemals die Blume der Gewißheit zu pflücken, die doch kostbarer ist als Gold und die so leicht von dem Kinde der Kirche erreicht werden kann.

Die Verweichlichten! Es gibt deren in Wien wie in Paris, in London und Florenz. Es sind diejenigen, die in der Welt nur einen Wechsel von Vergnügungen und Glück sehen und vom Morgen bis zum Abend und vom Abend bis zum Morgen nur von Genuß träumen. Das geistige Leben geht solchen Geschöpfen ganz ab.

Endlich die Zerstörer sind diejenigen, die trügerische Zustände träumen und ihren Antheil am Genusse fordern. Die Natur, Stiefmutter für sie, ist ihnen nicht günstig gewesen; nun wollen sie nehmen, was sie ihnen verweigert.

Unglückliche! sie bereiten sich vor, überall Trümmer anzuhäufen; indeß sind sie nur consequent; sie folgen den Grundsätzen, mit denen sie sich genährt. Das göttliche Gesetz ist kein Zügel mehr für sie; sie können nur Uebermäßiges begehren und suchen ihre Begierde zu befriedigen.

Die reichen Wiener Banquiers staunten über die gewichtigen Lehren. Es ist übrigens nicht leicht, Juden, die Vorenthalter der Schlüssel zur Geldkiste, zu bekehren.

Nach seiner Rückkehr in Genf hielt Abbe Mermillod während des Maimonates sehr bemerkenswerthe Unterredungen über den Rationalismus, der in unserm Lande unter dem Namen Freidenkerthum eingeführt worden.

Sie waren von einer großen Anzahl Zuhörer aus allen Gegenden besucht.

Hr. Abbe Mermillod behandelte diesen Gegenstand zweimal in der Woche. Die übrigen Tage bestieg sein Bruder Alfred die Kanzel. Derselbe hatte sich nach Vollendung seiner medicinischen Studien unter dem Kleide des hl. Franz von Assisi in eine Kapuzinerzelle zurückgezogen. Es war ein erbauliches Schauspiel, die beiden Brüder die Anstrengungen ihres Eifers für die Ehre Gottes und das Heil der Seelen vereinigen zu sehen.

P. Alfred sprach über das ascetische Leben und entwickelte die Grundsätze und Wirkungen der Gnade. Man fand in dem gegen sich selbst so strengen Mönche ein staunenswerthes Mit=

gefühl für das Elend Anderer. Seine Rede war originell; er war das treue Abbild seines Lieblingsheiligen, des Armen von Assisi.

Der Hr. Abbe, sein Bruder, prüfte die rationalistischen Systeme und legte ihre Folgen blos. Er berührte mit dem Finger diese Wunde unserer Zeit, die zur Vernichtung jedes Glaubensbekenntnisses, jeder Religion und überhaupt jedes Glaubens führt. Damals ereigneten sich in Genf zwei merkwürdige Bekehrungen. P. Schouwaloff und P. Hermann, die Beide bis zu ihrem Tode die innigsten Beziehungen zu Herrn Abbe Mermillod unterhielten. Der erste, nachdem er das Kleid der Barnabiten genommen, starb eines frühzeitigen Todes. In einer vertraulichen Mittheilung schrieb er Folgendes:

Von Sayn begab ich mich nach Genf zu meiner Tochter, die sehr krank war; ich machte in der Pfarre daselbst, unter der weisen Leitung des Herrn Abbe Mermillod, Exercitien, deren wohlthätige Erinnerung sich in meinem Herzen niemals verwischen wird [1]).

Der zweite befand sich in den Bädern von Divonne bei einem Bruder, um dessen Bekehrung er sich bemühte. Nachdem er Jude gewesen, öffnete P. Hermann dem Lichte der Wahrheit die Augen auf bewunderungswürdige Weise. Er trat in den Orden der unbeschuhten Carmeliten. Wie der auf dem Wege nach Damaskus bekehrte Paulus konnte er nicht müde werden, von den Erbarmungen Gottes gegen ihn zu sprechen. Der höchste Gegenstand seiner Liebe war die hl. Eucharistie. Er sprach von ihr mit zärtlichem Entzücken, wie er auch in seinen bewundernswerthen Gesängen ihre Größe und ihren Reichthum pries. Da er sich an den Feierlichkeiten des Frohnleichnamsfestes betheiligen wollte, hatten wir Gelegenheit, ihn in Notre Dame mit dem Ausdrucke des lebhaftesten Glaubens vor dem Gefangenen des Tabernakels sprechen zu hören. Bald darauf hat der brave Ordensmann die Palme des Martyriums der Liebe errungen. Er hatte die am Eingange der großen Stadt in einem Feldlager zusammengedrängten französischen Soldaten gepflegt, wobei er die schwarzen Blattern erbte, an denen er starb. Hr. Mermillod hatte ihn für diesen Ehrenposten gleich bei Gefangennehmung

---

[1]) Meine Bekehrung und mein Beruf.

der französischen Armee bestimmt gehabt. P. Hermann ist im Januar 1871 und zwar wie ein Heiliger gestorben.

Im Monat Juni ereignete sich eine Begebenheit, welche die Lage des Hrn. Abbé Mermillod änderte, und ihn in weniger als drei Monaten zur bischöflichen Würde gelangen ließ.

Herr Dunoyer, der zu wiederholten Malen seinen Bischof um Entlassung von der Pfarrei zu Genf gebeten, erneuerte sein Gesuch. Seine zunehmende Schwerhörigkeit war der Beweggrund, den er angab, um sich bescheiden zurückziehen zu können.

In seiner Umgebung hatte er einen jungen Priester, dessen Ruf mit jedem Tage wuchs; weit entfernt, ihn in Schatten zu stellen, zollte er vielmehr seinen Erfolgen Beifall, indem er die Worte Johannes des Täufers wiederholte: Oportet illum crescere, me autem minui. Da er namentlich wußte, Se. Heiligkeit Pius IX. habe bereits seine Aufmerksamkeit auf ihn gerichtet, dessen Talente, Eifer und Ergebung für die Kirche bekannt waren, schätzte er sich glücklich, die Absichten des hl. Vaters fördern helfen zu können.

Nachdem er daher seine Pfarrei in die Hände des Herrn Marilley zurückgelegt hatte, begab er sich zum Präsidenten der Republik, um ihm seinen Entschluß mitzutheilen und zugleich Hrn. Abbé Mermillod zu seinem Nachfolger vorzuschlagen.

Herr Challet Venet erbat sich einige Bedenkzeit. Auf inständiges Bitten des Hrn. Dunoyer wurde die Frage dem Staatsrath jedoch sogleich vorgetragen, der die Ernennung des Hrn. Abbé Mermillod auch einstimmig bewilligte. Am andern Tage, am 21. Juni, legte dieser den vom päpstlichen Stuhl zu Rom 1823 approbirten Pfarreid ab. Er begleitete ihn mit einem mit vollem Freimuthe abgelegten Glaubensbekenntnisse. „Ich bin, sagte er, Freund meines Vaterlandes, bereit, an seinem Glücke und an seiner Unabhängigkeit zu arbeiten, aber ich will zugleich Priester der heiligen Kirche bleiben, deren Rechte ich stets vertheidigen werde, wie es das Erbe der Ehre verlangt, das mir die HH. Buarin, Marilley, Dunoyer, meine erlauchten Vorgänger, hinterlassen haben. Ich hoffe, fügte er hinzu, daß ich nur die Rolle eines geistlichen Führers der Seelen zu bethätigen brauchen werde.

Es bedarf nichts Geringeres als des Zusammenwirkens aller Kräfte des Landes, um die boshaften Angriffe zu beschwören.

Ich werde dazu behilflich sein als Priester und Bürger, in der Hoffnung, die Freiheit der Kirche werde in Genf für immer zur Wahrheit werden."

Hier beginnt für Hrn. Abbe Mermillod, Pfarrer von Genf, eine neue Periode.

Die Kirche Unserer lieben Frau war ihm zu lieb, als daß er sie hätte verlassen können. Er ernannte deßhalb Hrn. Abbe Fleury, Almosenier des Pensionats von Carouge, zum Beschützer der Kirche von St. Germain mit dem Titel Rector.

Am 24. Juni theilte Hr. Dunoyer dem zu einer Conferenz versammelten Clerus in Versoix die verschiedenen Veränderungen mit. Der ehrwürdige Greis, dem der Ruhm gebührt, die schöne Kirche Notre Dame errichtet zu haben, dankte in zärtlichen Ausdrücken seinen Mitarbeitern, namentlich dem Hrn. Abbe Autnois, der seit zehn Jahren seine stets thätige, nie ruhende rechte Hand gewesen. Ferner kündigte er an, daß er nicht nur auf seinen Titel als Pfarrer, sondern auch auf seine Functionen als General-Vicar verzichtet habe, und daß von nun an Hr. Mermillod dieses zweifache Amt in der Stadt und im Kanton Genf ausüben werde.

Kaum war Hr. Abbe Mermillod zum Pfarrer ernannt, als die Zeitungen das Gerücht verbreiteten, es sei ihm die bischöfliche Würde durch den hl. Vater zugesagt worden. War dies ein Versuch, das Publikum auf diese Ernennung vorzubereiten, oder war es ein bloßes Gerücht? Wir können es nicht sagen. Jedenfalls war die Nachricht verfrüht und ein Correspondent der Union schrieb am 30. Juni: „Der neue Pfarrer findet, daß in der hierarchischen Ordnung ein Grad in so kurzer Zeit genug sei."

Die Zukunft schien damals zu lächeln; man konnte ihr, wie man der Union schrieb, mit Vertrauen entgegensehen, nachdem die Vorsehung die Geschicke der Heerde einem höchst glaubenseifrigen Hirten anvertraut hatte. Hr. Mermillod war damals vierzig Jahre alt und im Vollbesitz seiner geistigen Kräfte. Wohl gab es keinen Priester in ganz Europa, der so jung einen so allgemeinen Einfluß erworben.

Und dennoch, sagte man und zwar mit Recht, ist es zweifel=

haft, ob Hr. Mermillod der Mann des Sieges sein wird. Die katholische Kirche kann niemals die Schlacht als beendet erklären. Während mehrerer Jahre war Hr. Mermillod das vom Glücke verzogene Kind. Der Erfolg krönte alle seine Unternehmungen; er schritt von Triumph zu Triumph.

Seine ersten Besuche als Pfarrer in den Gefängnissen, Krankenhäusern, bei den Armenschwestern, in den Schulen, mußten sein Herz mit den süßesten Hoffnungen erfüllen. Ueberall, selbst in den Hospitien des Staates, wurde er nicht nur mit wohlwollender Höflichkeit, sondern sogar mit herzlicher Zuvorkommenheit aufgenommen, die, wenn sie aufrichtig gewesen, nicht so bald hätte verschwinden können. Damals konnte er ohne Vermessenheit auf bessere Tage für die Kirche von Genf hoffen.

Ueberall ließ er Spuren seiner Großmuth für die Armen und diejenigen zurück, die für sie sorgten.

Niemand hat vielleicht so viel von den Großen und Begüterten der Erde empfangen, Niemand aber auch mehr gegeben als er. Er hat ein goldenes Herz, sagten Alle, die Hrn. Mermillod kannten. Er findet sein Glück im Geben und die Dürftigen zu unterstützen. Indessen müssen wir, ohne ihm jedoch einen Vorwurf machen zu wollen, gestehen, mit etwas mehr Klugheit bei seiner Mildthätigkeit würde er noch lobenswerther sein. Er pflegte indeß mit dem hl. Franz von Sales zu sagen, es ist besser, einen Undankbaren zu verbinden als einem Unglücklichen, der sich wirklich in der Noth befindet, die Bitte um Hilfe abzuschlagen.

Kaum waren zwei Monate seit Ernennung des Hrn. Abbe Mermillod zum Pfarrer von Genf verflossen, als der hl. Vater ihn nach Rom rief. Die Nachricht wurde ihm in der Kapelle zu Allinges gebracht, wohin er sich zu geistlichen Uebungen zurückgezogen, um in Sammlung und Gebet die Absichten Gottes zu erkennen und die Art und Weise, wie er ihnen entsprechen sollte. Der Wunsch des hl. Vaters war für ihn Befehl. Sobald er in Rom ankam, erfuhr er aus dem Munde Pius IX. selbst, daß er ihn mit dem Titel Bischof von Hebron wirklich zur bischöflichen Würde in Genf erhebe und zum Gehilfen des Mgr. Marilley, Bischof von Lausanne und von Genf, bestimme.

Um sich zur hl. Salbung vorzubereiten, zog sich Hr. Mermillod in die Villa Caserta der Liguorianer zurück, wo er den geistlichen Uebungen folgte. Um ihm einen besonderen Beweis seiner

Achtung zu geben, wollte der Papst ihn selbst zugleich mit dem Erzbischofe von Arragonien und mit einem mexikanischen Bischofe weihen. Die Ceremonie fand am 25. September im Vatican statt.

Als der Bischof von Hebron nach seiner Rückkehr von den Eindrücken dieses großen Tages erzählte, sagte er: Wir waren vier, die die Gnade der Weihe empfingen. Schon hatte uns der hl. Vater mit einigen der bischöflichen Gewänder bekleidet, als er plötzlich sich setzte und mit der ihm allein eigenen Beredtsamkeit sagte: „Der Sitz, von dem aus ich Euch weihe, ruht auf einem Sandkörnchen. Dieses Sandkörnchen aber macht man uns streitig und doch gehört die Erde mir, weil sie Jesu Christi gehört, dessen Stellvertreter ich bin. Gehet daher, fuhr Pius IX. fort, gehet in meinem und im Namen des Sohnes Gottes."

Als Pius IX. den Erzbischof von Arragonien mit der Sendung betraute, das spanische Volk in seinem alten Glauben neu zu bestärken, und den Bischof aus Mexiko anwies, den neuen Völkern die Rechte der Kirche zu predigen und die gläubigen, schwergeprüften Schotten zu trösten, wandte er sich gegen den Bischof von Hebron und sagte zu ihm:

„Du, mein Sohn und jetzt mein Bruder, den meine Hand bald weihen wird, gehe nach diesem Genf, das sich nicht scheut, sich das protestantische Rom zu nennen. Bringe ihm den Schatz meiner Liebe und bekehre es; gehe, fürchte nichts. Begebe dich in meinem und im Namen Jesu Christi auf den Weg und wandle, wenn es sein muß, auf den Wellen."

Seinen ersten Segen brachte der neue Bischof der Pfarrei Genf und seiner Mutter. Mit Geschwindigkeit verbreitete der Telegraph die Nachricht von der Weihe des Msgr. von Hebron im ganzen Kanton Genf.

Seine Ernennung hatte die, in Folge des blutigen Aufstandes vom 24. August, die Geister besonders erregenden politischen Meinungen, für einen Augenblick anderswo beschäftigt.

Mit tiefer Betrübniß hatte der Bischof von Hebron in Rom von dem bedauerungswürdigen Kampfe Nachricht erhalten. Um jede öffentliche Kundgebung bei seiner Rückkehr zu vermeiden, stieg Hr. Mermillod im Bahnhof Meyrin ab, wo er von seiner Familie, Hrn. Dunoyer und Hrn. Autnois empfangen wurde.

Die Gläubigen erwarteten ihn in Notre Dame, wo er seinen Einzug unter unbeschreiblicher Bewegung des Volkes hielt.

Der Herr Pfarrer von Carouge, der Msgr. Mermillod getauft, empfing ihn in der Vorhalle der Kirche, umgeben vom Clerus des Kantons. Er ging ihm entgegen und überreichte ihm im Namen seiner Mitbürger ein prächtiges Brustkreuz während der Chor den neuen Bischof mit dem liturgischen Gesang: Ecce sacerdos magnus, qui in diebus suis placuit Deo, begrüßte.

Nach einigen beglückwünschenden Worten, die der Rector von St. Germain an ihn richtete, bestieg der hochwürdigste Herr Bischof Mermillod die Kanzel und ergoß seine Seele in Worte, die nie begeisterter und bewegter gewesen. Am Tage seiner Weihe, in der Stille seiner Zelle, hatte er gesagt: „Ich, so unwürdig! bin Priester Jesu Christi" und er weinte. Heute, Angesichts der Zuhörer, die die Schiffe der Kirche füllten, rief er aus: „Dennoch, trotz meiner Schwäche, bin ich Bischof, Bischof der Kirche Gottes." Episcopus sum und erklärte die bischöfliche Sendung.

Aehnlich dem hl. Franz von Sales betrachtete er sein Amt nicht als eine Ehre, sondern als eine Bürde, nicht als eine Erhöhung, Beförderung, sondern als eine Verpflichtung, zu leiden und sich zu opfern für die Kirche zu Genf.

Der Posten zu Genf war stets eine Stelle gewesen, die gänzliche Hingebung und Opfer erheischte. Herr Vuarin hatte sein Leben daselbst zugebracht, gute Werke zu fördern und besorgt zu sein für die Erziehung der Jugend. Bereits in seinen Memoiren sagte er, daß von allen Seiten arme Familien seiner Pfarrei zuströmten, in der Hoffnung, sich dort eine Stellung zu verschaffen oder doch Existenzmittel zu finden, die ihnen fehlten und sie der Gefahr des Abfalls vom Glauben oder der Klippe des Hungers aussetzten.

So kennzeichnete er mit Seufzen die berühmte Pfarrei von Genf und seine Nachfolger haben es durch ihre Erfahrungen bestättigt.

Jeden Tag, in der That, treffen wir Familien, die, uns die Entscheidung in die Hand legend, sagen: „Wenn wir unsere Kinder den Methodisten übergeben, wird uns der Miethzins bezahlt."

Dank den Erfolgen einer thätigen Propaganda, die auf das Elend der Armen speculirt, wird die Mildthätigkeit in Genf in nichtswürdiger Weise ausgeübt.

Wie oft schon hat Msgr. v. Hebron darüber geseufzt! Er, der so treu an der ehrenwerthen Gesinnung hält, das Elend des Armen zu achten, hat nie die christliche Liebe zu einer Speculation benützt; man kann behaupten, daß er stets erfüllt, was er, von Irland sprechend, tief bewegt in St. Clothilde gesagt:

„Wenn jemals, ich sage nicht ein Bischof, ein Priester, sondern ein einfacher Gläubige solche Propaganda übte, die aus dem Reichen einen religiösen Speculanten auf das Elend des Armen macht, wenn je ein Katholik die Wohnung des Armen beträte, um seine Seele durch solche Mittel zu versuchen, möge er für immer vor seinem Glauben, vor seiner Ehre und vor der öffentlichen Meinung gebrandmarkt sein!

Der Priester, der solche Versuche in Schutz nehmen wollte, würde seine Priesterwürde für immer entehrt haben, denn die Kirche, die hl. Wächterin der Gewissensfreiheit, verbietet diesen geistlichen Handel und protestirt gegen diesen Markt und diese Verzollung der Gewissen."

Der Handel mit den Gewissen! nirgends ist er so gekannt und wird er so ausgeübt, als in Genf. —

Anfangs hat es den Schein von Uneigennützigkeit, daß man den darbenden Familien Hilfe bringt, allein bald zieht diese sich zurück, wenn die Kinder die Schulen der Methodisten und Protestanten nicht besuchen und ihre Eltern den besagten gottesdienstlichen Versammlungen nicht beiwohnen.

Zwischen die doppelte Alternative gestellt, Familien von Ueberläufern unter das Banner der Protestanten sich schaaren zu sehen, oder ihnen Hilfe zu bringen, die seine bescheidenen Hilfsmittel übersteigt, muß der Priester sich unaufhörlich fragen, ob er diesen furchtbaren Wetteifer unterstützen soll oder nicht.

Mehr als einmal sah sich Msgr. von Hebron in diese peinliche Alternative versetzt. Schließlich ließ sich sein Herz stets durch seine außerordentliche Güte bestimmen. Es werden sich Wenige finden, die sich beklagen dürften, daß so auf Seelenangst gegründeten Bitten gegenüber seine Börse verschlossen geblieben.

Als der hl. Vater Msgr. Marilley die Erhebung des Msgr. Mermillod auf den bischöflichen Stuhl mittheilte, hatte er ihm die Verwaltung der Diöcese gelassen, ihm jedoch aufgetragen, seinem Mitarbeiter im Canton Genf den entsprechenden Antheil an der Jurisdiction zu überlassen. Sobald der Wille des hl. Vaters dem Bischofe von Lausanne und Genf bekannt war, unterwarf sich ihm derselbe sogleich als dem klarsten und sichersten Ausdrucke des Willens Gottes. In einem Rundschreiben vom 9. Sept. 1864 an den ehrwürdigen Clerus bemerkte er, daß er sich mit Mgr. Mermillod besprechen werde, um ihm die Vollmacht zu übergeben, deren er nöthig hätte, damit er in der That die Wünsche des hl. Stuhles verwirklichen könne. Ueberdies empfahl er den Priestern und Gläubigen, seinem Mitarbeiter mehr als je Beweise tiefer Ehrfurcht, kindlichen Gehorsams und frommer Hingebung zu geben, um den Erfolg seiner Sendung zu sichern. Er ist ein Priester, fügte er hinzu, den ich seines lebendigen Glaubens, seines apostolischen Eifers und seiner grenzenlosen Hingebung an die Kirche und ihr Oberhaupt wegen zärtlich liebe.

Es liegt nicht in unserm Plane, die Geschichte der Diöcese zu schreiben. Wir übergehen daher die Verhandlungen, die während dieser Zeit zwischen Genf und Freiburg gepflogen wurden. Erst am 9. Juli 1865 gab Mgr. Marilley seinem Mitarbeiter die ausgedehnteste Vollmacht, an die Gläubigen des Cantons die Anweisungen ergehen zu lassen, die er für geeignet halte und beauftragte ihn mit den Visitationen der Pfarreien des Kantons Genf.

Ueberall wurde Mgr. von Hebron mit den lebhaftesten Ausdrücken der Freude empfangen. Das Volk war glücklich, aus seinem Munde die Glaubenswahrheiten zu hören!

Mgr. von Hebron versäumte nichts, um seinem Besuche ein ganz besonderes Interesse zu verleihen. Er studierte genau die Memoiren jeder Pfarrei, ihre Gründung, ihre Seelenzahl, ihre Merkwürdigkeiten und belebte auf diese Weise ihren religiösen Ruhm aufs Neue. Ueberall, wo Conferenzen gehalten wurden, wollte er sie leiten, um den Theilnehmern an denselben neuen Eifer einzuflößen.

Indem er in seiner Verordnung vom Jahre 1866 von seinen Pastoralreisen Rechenschaft gab, drückte er sich über das, was ihm begegnete, wie folgt aus.

„Ueberall fanden wir eine wahre Begierde, unsere Worte zu hören, unsern Rath und unsere einfachen Exhortationen ent=

gegen zu nehmen. Wir waren tief gerührt, als Ihr uns mit dem Kreuze und den Fahnen Eurer Heiligen entgegenzoget. Beim Schall der Glocken, bei Euren Gesängen, beim Anblick der rührenden Inschriften der Triumphbögen fühlten wir den lauten Jubel Eurer katholischen Herzen und waren glücklich, trotz unserer Unwürdigkeit, Euch predigen und Euch segnen zu sollen.

Wie schnell sind die lieblichen Stunden dieser Festlichkeiten verschwunden! Wir haben auf den Gräbern Eurer Brüder zusammen geweint und gebetet. Wir haben Eure Kinder über die hl. Wissenschaft von Gott und der Seele befragt. Ihre klaren, lichtvollen, bestimmten Antworten haben unsere Bewunderung erregt. Wir drückten auf ihre jugendlichen Stirnen das Zeichen des hl. Kreuzes und gossen das Salböl auf ihr Haupt und in ihre Seele. Nie werden wir diese Seelenfeste vergessen, wo Ihr, Männer und Jünglinge, mit Euern Müttern und Schwestern gekommen seid, Euch am Tische des Herrn niederzuknien."

Um die in jeder Pfarrei gegebenen Vorträge über die Treue gegen die hl. Kirche zu vervollständigen, widmete Msgr. v. Hebron seine erste Verordnung der Entwicklung des Gedankens: Die Kirche ist die Hüterin, Beschützerin der Rechte Gottes und der Gesetze des Geistes.

Sie legt untrügliches Zeugniß von Ihm ab, sie ist ein Wall, Ihn zu beschützen, eine Gesellschaft, die, trotz aller Hoffart und allen Hasses, Ihm unverbrüchlichen Glauben und ewige Liebe geschworen.

Aus jeder dieser Zeilen leuchtet die Liebe zur hl. Kirche; er macht sich zum Vertheidiger ihrer Unabhängigkeit und ihrer Freiheit. Im Fastenbrief 1867 behandelt er diesen Gegenstand mit ganz besonderer Gründlichkeit.

Nachdem er in einem ersten Theil ihren Ursprung und ihre Natur gezeigt, zählt er die Freiheiten auf, die sie für sich fordert.

Die Kirche muß frei sein in ihrem inneren Leben, in ihrem Vereinsrecht, in der Wahl und Bildung ihrer Priester, in ihren religiösen Orden. In ihrer äußern Thätigkeit, in der Verkündigung des Wortes Gottes, in ihrem Unterricht, in ihren Amtsverrichtungen, in der Verwaltung der Sakramente, in ihrem Gottesdienste.

In einem dritten Theil zeigt Msgr. v. Hebron die Kirche und den Staat und erklärt die Ungerechtigkeiten der gegen erstere gerichteten Verdächtigungen und Verleumdungen. — „Ach, ruft er aus: Die Welt will nichts von ihrer Thätigkeit, sie fürchtet ihre Erleuchtungen und ihre Liebe."

Dennoch hört die Kirche nie auf, selbst den feindlichsten Mächten gegenüber, Beweise des Wohlwollens zu geben. Bei dem leisesten Zeichen der Rückkehr reicht sie ihr am Tage nach der Unterdrückung die Hand; sie unterzeichnet Concordate und bringt einige ihrer Freiheiten zum Opfer; trotz dieser mütter=lichen Nachsicht behandelt man sie denn bald als Nebenbuhlerin, die man in Ketten legen und verächtlich machen müsse.

Kaum hatte Msgr. v. Hebron die schöne Verordnung diktirt, als er sich nach Amiens begab, wo er eine Rede über den am hl. Charfreitag 1866 zu Korea gemarterten Msgr. Derveley halten sollte. Zwei und zwanzig Bischöfe und über achthundert Priester hatten sich dort versammelt, um von ihren Martyrern reden zu hören. Sie sahen sich in ihrer Erwartung nicht getäuscht, denn Msgr. Mermillod erhob sich auf die Höhe seines Gegenstandes und zeigte, wie die Kirche unter den verächtlichen Blicken des gleichzeitigen Scepticismus ihren göttlichen Character mit ihrem Blute und der Hingabe des Lebens bezeugt. Ecce agon sublimis et magnus ruft er mit dem hl. Cyprian aus, der Kampf beginnt und wird nicht beendigt. Die Erde ist ein Kampfplatz und das erhabene Schlachtfeld ist die Wahrheit. Wie ihr Meister stets am Kreuze hängt, so auch die Kirche, aber während ihrer Kreuzigung bekehrt sie ihre Henker, segnet ihre Verfolger, erschließt den Himmel und civilisirt die Welt.

Bei seiner Rückkehr zeigte Msgr. v. Hebron, mit welcher Leichtigkeit er aus dem Stegreif sprach. Seine Freunde selbst staunten, als er, am 7. März zu Suris angekommen, vom hoch=würdigsten Herrn Bischof von Dijon den Auftrag erhielt, am folgenden Tage, gelegentlich des Jahrestages, den er zum An=denken an den 1866 zu Seaul erfolgten glorreichen Martyrtod des Hrn. Just. von Bretemius, zu feiern gedachte, einige Worte an die Versammlung zu richten.

Man hatte ihn per Telegraph berufen. Da Msgr. Hebron nichts abschlagen konnte, nahm er an unter der Bedingung, daß man ihm Einzelheiten über das Leben und den Tod des Martyrers mittheile.

Dies geschah am Morgen der Feier selbst durch einige junge Priester, die auf dem vertrautesten Fuße mit Just. Bretemius gestonden, und durch den Superior der auswärtigen Missionen. Mehr bedurfte es nicht, um sich an seinen Gegenstand zu wagen und zu wiederholen, was der junge Mann, einer der achtbarsten Familien des Landes entsprossen, gewesen.

Eine Stelle der Rede erregte die besondere Bewunderung seiner Zuhörer. Es war, wo er von dem Bedauern des jungen Mannes spricht, in Korea nicht mehr das Kyrie, das Gloria und Credo zu hören; er tröstete sich in seiner Hütte mit der Hoffnung eines Tages dieselben im Himmel anzustimmen. Ja, rief der Redner aus: „Singe jetzt, jugendlicher Martyrer! Es ist nicht mehr das Kyrie, dieser Ruf des Jammers und Elendes, nicht mehr das Credo, d. i. der Glaube mit seinem verschleierten Blick, sondern das Gloria, der Gesang der Anschauung von Angesicht zu Angesicht, der Gesang der Dankbarkeit, der Gesang der Liebe, die nie endet. Rufe jetzt dein Hosanna, an uns ist es, zu weinen und zu seufzen.

Du bewohnst den Palast des Königs der Himmel. Wir sind es jetzt, die die Hütte bewohnen, während Du deinen Triumphgesang wiederholest; wir sind noch immer bei den trauernden und seufzenden Weisen des Kyrie und den armseligen Tönen des Credo.

Es kann dies in keinem Grade wieder gegeben werden. Es ist die Macht des lebendigen Wortes, die Redekunst des Predigers, die electrische Fluth, die sich so schnell zwischen seine persönliche Gemüthsbewegung und der stets wachsenden Erregung eines großen Auditoriums drängt. „Quid si audivisset!"

Im Jahre 1867 begab sich Mgr. Mermillod zum Grabe des hl. Martin. Während er sich am Andenken des großen gallischen Wunderthäters begeisterte, bewegte und rührte er die Bevölkerung von Tours. Auch dort an dem geweihten Grabe vergaß er sein Genf nicht.

„O mein theures Genf, ich habe mich hier niedergeworfen, um den großen Heiligen Martin zu bitten, dich mit der Hälfte seines Mantels christlicher Liebe zu bedecken."

Ende Juli desselben Jahres feierte Toulouse ein Fest. Noch nie war die Stadt der Capitoul mit so viel Blumen und Kränzen geschmückt gewesen. Ueberall Transparente, Wahlsprüche und Fahnen. Es handelte sich um die Feier der am 29. Juni des-

selben Jahres erfolgten Seligsprechung eines demüthigen Hirten=
mädchens, Germaine Cousin von Pibrac.

An diesem Tage, sagte die katholische Wochenschrift, war
unsere geräumige Cathedrale zu klein geworden. Jedermann
wollte den jugendlichen Prälaten hören, der heute die Kanzel
besteigen sollte.

Der Prälat war Msgr. v. Hebron. Er wußte, daß Papst
Pius IX. Germaine questa piccola pastorella genannt
hatte, die durch Leiden, Betrachtung und Gebet so schnell die
Stufen der Heiligkeit erstiegen.

Gegen Ende des Jahres 1867 wurde Genf zum Sammel=
platz sämmtlicher Verschwörer Europas; unter dem Vorwande,
einen Friedenscongreß zu organisiren, ertönte ihr Feldgeschrei
namentlich gegen das Papstthum. Der Held dieses Kreuzzuges,
war Garibaldi, der nur nach Genf gekommen, um ein Manifest
gegen den hl. Stuhl über Europa zu verbreiten¹).

Der Conditiere, wie ein Fürst empfangen, blieb seinen Ge=
sinnungen treu. Er beschimpfte öffentlich das Papstthum, indem
er verlangte, daß man dem Programm des Congresses beisetze,
das Papstthum sei für abgeschafft erklärt.

In ihrer innersten Ueberzeugung verletzt, äußerte eine An=
zahl Katholiken Msgr. Mermillod ihren gerechten Unwillen. Sie
sprachen von einer öffentlichen Kundgebung, um die Rechte des
Papstes und der Kirche zurückzufordern. Einer von ihnen hatte
folgende Adresse verfaßt.

Gnädigster Herr!

Wir fühlen uns gedrängt zu Ihnen zu kommen, um Protest
zu erheben gegen die schmälichen Reden, die in unserer Stadt
der erklärte Feind des Papstthums vernehmen ließ.

Diese Sprache ist eine öffentliche Verletzung der Hälfte der
Einwohner des Kanton Genf in ihrem Glauben.

Wir glauben, es geziemt sich nicht, vom Reich des Friedens
zu sprechen und sogleich dem Papste den Krieg zu erklären.

Wir sind von Genf und in Genf; aber wir gehören auch
zur heiligen Kirche, die das Vaterland unserer Seelen ist. Wir
sind deßhalb tief verletzt, daß ein Fremder den alten Haß an=

---

¹) Journal de Genéve, 17. Sept. 1867.

zuschüren und die Fackel der Zwietracht unter die Bürgerschaft und in unser Land zu schleudern sucht.

Möchten Sie doch, gnädigster Herr, unser Dollmetscher sein bei Sr. Heiligkeit Pius IX., dem Stellvertreter Jesu Christi, dem Papstkönige.

Bringen Sie dem Oberhaupte der Kirche unsere Huldigung dar, unsere kindliche Verehrung seiner geheiligten Person und die Versicherung unserer unverbrüchlichen Anhänglichkeit an den Rechten des hl. Stuhles."

Msgr. v. Hebron, tiefgerührt von der muthvollen That, dankte den Katholiken, wie folgt:

Meine Herren!

„Ihr Unternehmen ehrt und tröstet mich. Es ist eine That, die Gott segnen wird; es ist eine feierliche Bekräftigung Ihrer katholischen Ueberzeugung. Durch diesen Protest gegen die beleidigende Sprache, die in unsern Mauern gehört worden, vertheidigen Sie Ihren Glauben, Ihre Kirche und deren erhabenes und verehrtes Oberhaupt.

Dies Ihr Recht und Ihre Pflicht.

Sie wollen als Bürger oder Bewohner eines freien Gebietes das Heiligste erhalten, die Freiheit der Seele und die unverjährbaren Rechte des Gewissens. Die Adresse, die Sie an mich gerichtet, ist eine erste That, die ihre Ergänzung finden muß. Weder Sie, noch ich, haben in diesen böswilligen Agitationen den leisesten Vorwand zu irgend einer Aufregung geben wollen.

Wir, ja wir, sind Männer des Friedens und um diesen beten wir zu Gott für die Einigung der Völker und das Glück unseres theuren Vaterlandes. Aber wir können nicht ohne tiefe Trauer sehen, daß ein Fremder unter der Devise des Friedens in Genf eine gewaltthätige und aufreizende Sprache sich erlaubt und dem Oberhaupte der Religion der Hälfte des Landes offenen Krieg erklärt.

Unser freies Land, unsere unabhängige Nationalität ist eine Oase mitten in den Kämpfen Europas. Es ist ein gastlicher Boden für jeden Geächteten; deßhalb durften wir hoffen, daß man den öffentlichen Frieden nicht gefährden und die Rechte der Gastfreundschaft achten werde.

Bewahren Sie Ihre heiligen, beglückenden Ueberzeugungen wie den kostbarsten Schatz.

Behalten wir in der Reinheit unseres Glaubens und in der Sicherheit unserer Rechte unsere Ruhe. Wir haben nichts zu fürchten; wir sind die Söhne jener Kirche, die schon viele Stürme gesehen. Vereinigen Sie in Ihren Herzen die Liebe zur Religion und die Anhänglichkeit an das Vaterland. Glaube und Vaterlandsliebe schließen sich einander nicht aus. Ihr Schritt beweist es heute wieder. Bewahren Sie den Frieden in Ihrer Seele durch die Treue, mit der Sie als Christen am Glauben und am Gebete halten. Bewahren Sie ihn am häuslichen Herde durch die Macht der Pflicht, die Reinheit des Lebens und die solide Freude der Arbeit. Schützen Sie ihn im Lande durch Sinn für Ordnung, durch Hingebung und Liebe gegen Alle, durch den Eifer für die Unabhängigkeit der Schweiz. Auf diese Weise werden Sie die Gefahren beschwören, die dieselbe von innen und außen bedrohen. Ich danke Ihnen nun, meine Herrn, Ihre edlen Sympathien, Ihre kindliche Huldigung werden zu Pius IX. gelangen. Sie sind das Echo der gewaltigen Stimme in der Welt, die ihn als das Oberhaupt der Kirche, den Mann des Friedens, den Beschützer des Rechts und der Gerechtigkeit, als den Papstkönig freudig begrüßt.

Seien Sie für immer ohne Furcht und Tadel, Gott und der Religion treu ergeben.

In einigen Tagen, wann die Aufwallung sich gelegt, werden wir den katholischen Gewissen eine Richtschnur geben und glücklich sein, dem Stellvertreter Jesu Christi den Ausdruck Ihrer kindlichen Ergebenheit zu versichern. Diese Huldigung, aus Genf kommend, wird seinem Herzen wohlthun und ihn mitten in den Kämpfen trösten."

Mehr bedurfte es nicht, um alle Anwesenden zu begeistern. Sie verließen den hochwürdigsten Herrn jedoch erst, nachdem sie vorher folgende, an die Mauern der Stadt anzuschlagende Proclamation entworfen hatten.

„Im Namen einer großen Anzahl ihrer Mitbürger protestiren die unterzeichneten Katholiken gegen die von Garibaldi gesprochenen Worte. Seine Aeußerungen beschimpfen den Glauben und das Gewissen der Hälfte der Einwohner des Kantons Genf. Diese Beleidigungen der Kirche und des Papstthums enthalten eine verabscheuungswürdige Verletzung unserer religiösen Freiheit und eine Aufreitzung der Bürger zum Hasse. Dies im Namen des Friedens und unserer Rechte als freie Bürger einer freien Republik, im Namen der Gastfreundschaft und des internationalen Rechts, das die Achtung vor unserer religiösen Ueberzeugung fordert.

Genf, 10. Oct. 1867.

Diese muthige That brachte den Triumphator von vorgestern zum Schweigen. Da er sah, die Geister geriethen in Aufregung, reiste er in der Stille ab und verließ klug Genf, seine Brüder und Freunde in vollständiger Verwirrung zurücklassend.

Herr Mermillod beeilte sich, die Adresse der Katholiken nach Rom zu befördern; sie rührte das Herz Pius IX., der sie am 2. October in einem sehr belobenden Breve beantwortete.

„Wir wünschen ihnen aufrichtig Glück, weil sie einem so frechen Unternehmen die Verachtung gezeigt haben, die es verdient. Wir wünschen allen Katholiken Glück, aber vorzüglich denen, die vor Dir und in dem mit ihren Namen unterzeichneten Protest den Muth gehabt haben, offen ihren Glauben zu bekennen und für ihn den Schutz des Gesetzes zurückzufordern. Endlich wünschen wir dir selbst Glück, weil Du Antheil an diesem Triumphe hast."

Die römische Frage konnte nicht verfehlen, die Aufmerksamkeit des Msgr. Mermillod auf sich zu ziehen. Unbekümmert daher, für einen schwärmerischen Ultramontanen gehalten zu werden, behandelte er dieselbe mit Freimuth und erklärte: „daß es sich nicht allein um das Fleckchen Erde handle, wo der Führer unserer Seele Zuflucht finde, sondern um Kirche und Christenthum."

Die Verschwörung warf in der That die Maske ab und rüstete sich zum Angriff.

Unter allen Erlassen des Msgr. Mermillod nimmt ohne Zweifel jener von 1868 über Kirche und Staat den ersten Platz ein. Er untersuchte die Frage: Ist die Kirche unserer Zeit feindlich? auf das Gründlichste.

Was wir von dem so wichtigen, in verschiedene Sprachen übersetzten Schriftstück sagen könnten, würde nur eine matte Zergliederung der großen und schönen Arbeit sein.

Bereits sprach man vom Concil. Der hochwürdigste Herr

freute sich), daß die Kirche ihre seit dreihundert Jahren nicht mehr stattgefundenen außerordentlichen Sitzungen wieder aufnehme.

„Wir werden ein Concil haben: kein Problem wird seiner Wissenschaft und Gelehrsamkeit entgehen; ohne Furcht vor politischen Wirren und socialen Kämpfen wird es sich in der Sicherheit seiner Kraft die Vertheidigung der Wahrheit, den Dienst der Seelen zur Aufgabe setzen und als Arbeit die religiöse Einigung der Welt."

Im Jahre 1869 war der Kanton Genf durch kirchenfeindliche Gesetzesvorlagen in große Unruhe versetzt. Man arbeitete daran, den gesetzlichen Schutz aufzuheben, den bisher der Staat der Sonn= und Festtagsfeier gewährt hatte. Msgr. Mermillod erhob seine Stimme, um die hohe Heiligkeit des Tags des Herrn darzuthun. Indem er sich außerhalb und über die politischen Streitigkeiten, selbst über die gesetzliche Sanction stellte, die der Staat gewähren oder verweigern kann, bekräftigte der Prälat den erhabenen Character dieses göttlichen Gesetzes und zeigte, wie dasselbe übereinstimme mit der Geschichte der Menschheit, den Bedürfnissen des Menschen, den Rechten seiner Freiheit und den Errungenschaften der Civilisation.

Könnten wir doch die gediegenen und wahrhaft ausgezeichneten Stellen anführen, wo Msgr. v. Mermillod von der Heiligkeit des Sonntags spricht, als der Veredlung, Verbesserung der sittlichen Lage, Befriedigung der Bedürfnisse des Geistes und um bei dem Arbeiterstande das Gefühl persönlicher Würde zu heben und zu bestärken.

„Die Völker, sagt er, und die Demokratie haben mehr als sonst nöthig dem Durst nach Genuß und dem traurigen Rechte, das Heiligste zu mißachten, zu entrinnen." Er begreift nicht, was die Zukunft unseres Landes gewinnen könnte, indem es sich der Quellen beraubt, aus denen das Volk Selbstverleugnung und patriotische Hingebung schöpft. Ohne das Evangelium wird der Arbeiter nichts sein als ein Ausgebeuteter, stets bereit zur Empörung, und der Reiche nur geschickt, zu unterdrücken.

Diesen wichtigen Satz der socialen Frage behandelte Msgr. v. Mermillod auf der Kanzel von St. Clothilde, wo seine Worte mit so viel Sympathien aufgenommen worden waren, mit überraschenden Freimuth.

Einige allzu Vorsichtige unter seinen Zuhörern sagten beim Herabsteigen von der Kanzel zu ihm: „Gnädigster Herr, Sie geben Ihre Popularität Preis."

„Ich predige, antwortete er, nicht zwei Evangelien: die Reichen bedürfen noch mehr des Almosens der Wahrheit als die Armen des Almosens der Liebe."

Es ist schwer, Gutes zu thun, ohne Hindernissen zu begegnen; hervorzuragen, ohne Eifersucht zu erregen; religiöse Werke zu vollbringen, ohne die Wuth der Hölle zu erregen. Msgr. Mermillod konnte diesem allgemeinen Gesetze der Menschheit nicht entrinnen.

Mit heimlichem Unwillen sah der Protestantismus den Katholicismus sich verbreiten, neue Kirchen gründen und seine Vereine zur Blüthe bringen. Er vereinigte sich deßhalb mit dem zerstörenden Element der Freigeisterei, machte gemeinsame Sache mit der Internationale, der Tochter der Loge, und verband sich mit der europäischen Demogagie. Alle verschworen sich, den Aufschwung des Katholicismus zu hemmen und bildeten einen Verein, dessen Aufgabe ist, die religiösen Genossenschaften zu vertreiben, das freie Vereinsrecht aufzuheben und die Installirung eines Bischofs in Genf zu verhindern.

Von da an begann der, Anfangs verborgen, seit letzterer Zeit offen gegen Msgr. Mermillod geführte Krieg.

Um Msgr. Mermillod zu schaden, scheute man nicht, zur Verleumdung seine Zuflucht zu nehmen. Mehrere Mitglieder des Clerus theilten diese Ehre mit ihm. Es ist den Feigen so leicht, im Verborgenen treulose Verdächtigungen gegen die Ehre und die Tugend des Priesters auszustreuen.

Um die Angriffe kurz abzuschneiden, schrieb Msgr. Mermillod folgenden zur Veröffentlichung gelangten Brief:

„In diesem Augenblick, wo eine geheime Werkstätte von Schmähungen gegen die hl. Kirche thätig ist, ist es meine Pflicht, gegen die unqualificirbaren Schandgerüchte in Genf zu protestiren.

Der Reihe nach ist der ganze katholische Clerus, seine Arbeiten und religiösen Einrichtungen, durch böswillige und teuflische Gerüchte beschimpft. Hier ist kein edler, würdiger Kampf mehr, kein Kampf beim Licht des Tages, kein Kampf um Ideen, Wissenschaft, Recht, Freiheit, christliche Liebe und Hingebung. Es ist der Angriff im Finstern.

Wenn die Verleumdung eine Unterschrift trüge, oder ihr Angesicht zeigen wäre, würde sie den Gerichten verfallen. Sie ist jedoch nicht greifbar.

Es bleibt uns nur übrig, uns an die Gerechtigkeit und Redlichkeit unserer Mitbürger zu wenden, daß sie die Ehre, die Empfindlichkeit ihrer Landsleute schützen, die, obgleich Priester oder Ordensmänner, dennoch stets das Recht haben, nicht verleumdet zu werden."